W0185454

RELEVEZ LES DÉFIS,

ESCAPE

DÉCODEZ LES ÉNIGMES

BOOK

ET ÉCHAPPEZ-VOUS DU LIVRE !

LA TOUR DE L'ALCHIMISTE

EDITIONS
www.404-editions.fr

404 éditions
un département d'Édi8
12, avenue d'Italie, 75013 Paris

© 2016, 404 éditions

Illustrations intérieures : Sandrine Gestin
Illustration de couverture : droits réservés
Corrections et relectures : Marie Caillet, Tanguy Revault
Maquette intérieure : Jean-Noël Leclere
Maquette couverture : Axel Mahé

ISBN : 979-1-0324-0007-4
Dépôt légal : mai 2016
Imprimé en France

FRANÇOIS LÉVIN

RELEVEZ LES DÉFIS,

ESCAPE BOOK

DÉCODEZ LES ÉNIGMES

ET ÉCHAPPEZ-VOUS DU LIVRE !

LA TOUR DE L'ALCHIMISTE

404 EDITIONS

AVANT-PROPOS

Ce livre est tombé par hasard entre les mains de l'éditeur. D'après son dernier propriétaire, il a été trouvé parmi d'autres carnets lors de la vente aux enchères d'une ancienne demeure dans le Morvan. Nous le publions quasiment tel quel, tant il nous semble correspondre à la collection que nous souhaitions lancer. C'est un Escape Book, une sorte de livre-jeu dont le lecteur doit s'échapper en résolvant des énigmes.

Tout ce qui est nécessaire pour sortir de La Tour de l'Alchimiste *se trouve dans le carnet situé à la fin du livre. Le lecteur devra seulement se munir d'un crayon pour prendre des notes au cours de sa progression. Toutefois, le style parfois obscur du narrateur nous incite à apporter quelques précisions sur la manière de se repérer dans la Tour. Les pièces sont décrites avec des symboles (🜁, 🜁, 🜃, ou 🜃 par exemple) et les descriptions sont parfois suivies de paragraphes supplémentaires, notés I, II et III. Nous avons compris que certaines énigmes aboutissaient à des sortes de coordonnées, notées par exemple 🜁II ou bien encore*

∇I. En conséquence, le lecteur ne devra lire ces paragraphes que si une énigme l'y a conduit. Autrement, il sera perdu.
Nous avons aussi remarqué que certains objets sont marqués de symboles, et que l'association de ces objets peut entraîner d'éventuels effets. Le narrateur a noté ceux-ci sous la forme d'une association de leurs symboles dans la rubrique « Combinaisons » du carnet. Le lecteur pourra s'y référer à tout moment pour tenter de faire fonctionner ensemble deux objets et voir s'il obtient un effet utile. Là encore, cela n'a d'intérêt que si le narrateur est bien en possession de ces objets.
Enfin, à mesure qu'il évoluera dans le labyrinthe, le narrateur verra croître en lui un mystérieux Pouvoir, qui se manifestera tout d'abord sous la forme de nausées. Plus il progressera dans son initiation, plus son Pouvoir se renforcera, lui permettant de plonger dans les plus obscurs secrets de l'alchimie.
Il ne nous reste plus qu'à vous souhaiter bonne lecture. Gardez patience ! De nombreuses énigmes ne peuvent être résolues qu'après avoir un peu erré dans les pièces accessibles. Puissiez-vous

trouver le chemin de la sortie et ne pas vous retrouver coincé à tout jamais dans La Tour de l'Alchimiste *!*

INTRODUCTION

Bon, si je veux m'en sortir, il faut que je puisse mettre un peu les choses à plat.
Et que j'arrête de me demander pourquoi j'ai relevé ce défi stupide.
Commençons par le début : où suis-je ?
Je crois que je me suis réveillé dans une sorte de cave, un peu comme une crypte. Elle donne sur un couloir et j'entrevois d'autres pièces là-bas. Si j'en juge par la luminosité, je me trouve dans un lieu situé en sous-sol. Autour de moi, il n'y a aucune porte de sortie et toutes les fenêtres, vitraux, grilles et soupiraux qui éclairent ce dédale sont hors de portée.
Mince ! J'ai vraiment le chic pour me mettre dans le pétrin. Chaque fois qu'on me lance un défi, j'y vais et la tête en avant. C'est tout moi, ça, de faire le malin sans anticiper les conséquences. Là, je me suis vraiment mis dans les ennuis jusqu'au cou. Coincé.
Tout a commencé avec ce type, la nuit dernière. Faut dire qu'il avait tout pour m'énerver. En soirée, je tombe fatalement sur ce genre de cas :

le mec qu'on connaît à peine et qui raconte des histoires sans queue ni tête. Le genre de salades que les scouts en mal de sensations fortes se chuchotent la nuit sous la tente, avec une lampe torche calée sous le menton. Ça a commencé avec une histoire de fantôme, je crois, puis une bonne vieille légende urbaine autour d'un anaconda vivant dans les égouts. Bref, le n'importe quoi habituel.
Sauf que moi, dans ma famille, j'en ai soupé de ces superstitions débiles. Ça a maintenant le don de me mettre en rogne. J'ai rongé mon frein jusqu'à ce que le type parle d'un homme mystérieux qui apparaîtrait certaines nuits sous la vieille Tour de la ville, et de disparitions inexpliquées dans le quartier. À ce moment, j'ai senti mon sang bouillir. Surtout que j'avais l'impression qu'il y croyait dur comme fer, à ses élucubrations. Mais bon. Ce sont toujours les mêmes grosses ficelles et j'aurais pu raconter la fin à sa place : un pote a voulu montrer que cette histoire était du flan. La nuit même, on a entendu des cris dans la Tour. Le lendemain, le gars avait disparu

sans laisser de trace. Le truc ultra-classique déjà entendu, lu et vu mille fois.
Alors, je lui ai carrément ri au nez. Ma patience est limitée envers ce genre de personnage, surtout qu'en matière d'histoires louches, j'ai une certaine expérience. Ce mec m'a alors mis au défi de vérifier par moi-même et de passer la nuit aux abords de cette fameuse Tour.
Et me voilà ici ! Bravo l'artiste !
Hum. Ma tête me fait fichtrement mal. Je me souviens de ma chute. J'ai dû prendre un sacré coup quand j'ai basculé dans la Tour.
Bizarre d'ailleurs. Je ne vois pas d'escaliers dans le coin. Comment ai-je pu me retrouver ici ? Les fenêtres que je vois en haut des murs sont trop étroites pour que je sois passé par là et franchement, si j'étais tombé de cette hauteur, je ne serais même plus là pour le raconter.
Bon sang ! Il n'y a pas cinquante explications possibles : quelqu'un m'a amené ici ! Me voilà coincé, sans doute avec un détraqué dans le coin prêt à me tomber dessus !
Bon, il faut que je me calme. Je souffle un grand coup et après un bref examen, je constate que

je n'ai pas de blessures sérieuses. J'ai mal un peu partout mais ce ne sont que quelques bleus. Je fouille mes poches, pour constater qu'on m'a pris toutes mes affaires – y compris mon portable. Mince. Je trouve en revanche une mine de crayon que je suis à peu près sûr de ne pas avoir eue sur moi avant de perdre connaissance, un carnet de notes et une clé dorée.
OK. J'ai donc noté pêle-mêle mes états d'âme, un compte rendu sommaire de la soirée peu glorieuse de la veille et la description du contenu de mes poches, et j'ai failli oublier le truc le plus important. J'ai commencé ce carnet en pensant organiser mes idées et c'est déjà le bazar au bout de trois pages !
La clé, donc, en or, dans ma poche. Histoire de ne pas m'emmêler les pinceaux, je vais noter les différentes trouvailles que je fais un peu plus loin. Celle-ci sera donc la première : la clé d'or. La forme me rappelle vaguement celle d'un petit personnage, comme les bonshommes qu'on gribouille quand on ne sait pas dessiner. Elle a cette forme : ☿ J'imagine qu'il ne reste plus qu'à trouver la serrure qui va avec.

Je note la description de la clé plus loin dans le carnet, dans une rubrique que j'intitule « Trouvailles » (*note de l'éditeur* : page 180). J'ajouterai à la suite les objets utiles que j'empocherai pendant ma progression.
Le carnet, maintenant. C'est bien le premier truc utile sur lequel je sois tombé. C'est un calepin relié en peau, brun clair. Le papier est doux au toucher. Je l'ouvre et m'arrête sur la première page, noircie par un texte étrange :

Garde ce carnet avec toi : il sera ton recueil et ton guide.
Chaque pièce est différente. Les noms t'en sont donnés.
Beaucoup seront tout de suite accessibles mais pas toutes.
Chacune est représentée en marge par un ou plusieurs symboles.
Des choses y sont parfois cachées et seront décrites en notes, I, II *ou* III, *après la description de chaque salle.*
Tu ne devras en tenir compte que si tu sais ce que tu viens y chercher.
Sinon, passe ton chemin.
Respecte ces conseils et fais grandir ton Pouvoir.
Ou tu seras perdu à jamais.
Comme autrefois le Souffleur dans la Tour de l'Alchimiste.

Pas franchement rassurant, tout ça. Je passe aux pages suivantes. Quelqu'un a noté le nom des différentes salles, avec des symboles bizarres dans les marges. En feuilletant, je vois qu'une carte des lieux a été tracée (page 17) : tant mieux, je m'orienterai plus facilement dans ce labyrinthe. Chaque page dédiée à une salle est annotée à la fin par des paragraphes qui commencent par I, II ou III en bons vieux chiffres romains. Ils semblent réservés à des notes additionnelles. Ce sont peut-être des détails à découvrir ? Je verrai bien. Inutile de m'en soucier pour l'instant.
J'ai donc la chance d'avoir de quoi écrire et des indications, même si elles me semblent exagérément mystérieuses. Je suppose qu'il est inutile de me creuser la cervelle pour les comprendre, du moins pour le moment. Je vais aussi essayer d'arrêter de me faire du mauvais sang, mais cela ne va pas être facile. Et si j'allais explorer les différentes salles ? Ça me changera les idées.
Dans un premier temps, je vais décrire cette Tour, pièce par pièce, et me fier aux symboles dans la marge : par exemple, beaucoup de salles ont le symbole du Soleil, comme ceci ☉, représenté

à côté du titre. Cela m'indique que la pièce est assez lumineuse pour que j'y pénètre sans avoir besoin d'une source d'éclairage.
À l'inverse, les pièces plongées dans le noir me sont pour le moment *interdites*. Elles sont indiquées avec une lune ☽. J'ai déjà ma dose d'hématomes et je ne veux surtout pas risquer une mauvaise rencontre.
Allez, c'est parti.

PREMIÈRE PARTIE
Dans le labyrinthe

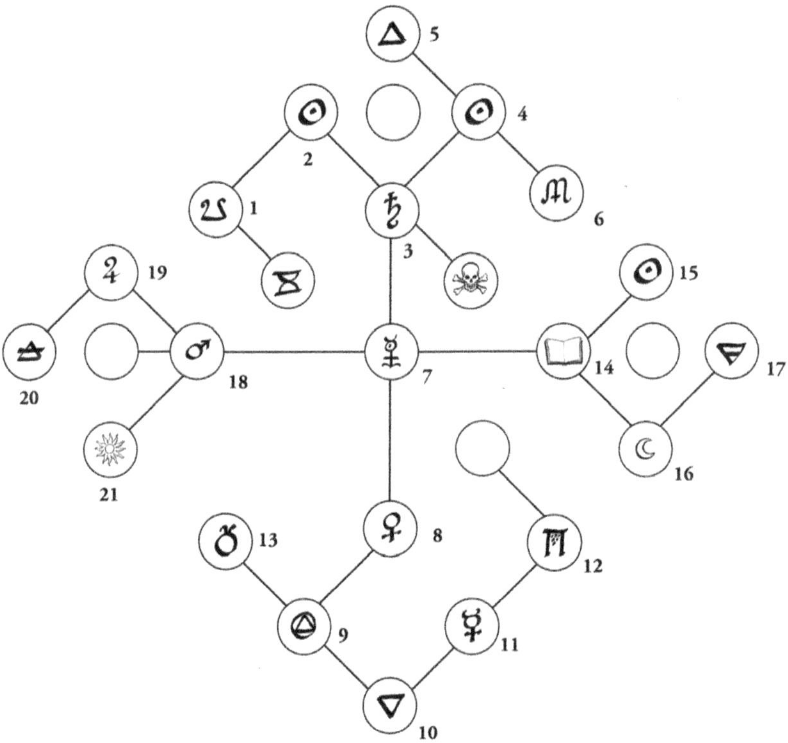

Le début du carnet affiche un plan. Les salles sont représentées par des cercles et sont parfois reliées par des traits lorsqu'elles communiquent par des couloirs. Chaque cercle contient un symbole : grâce aux explications du texte que j'ai trouvé à la première page de mon carnet, je comprends que chaque symbole complète le nom de la salle. Par exemple, la première salle, Calor, est représentée par Ʊ.
Bon. Je vais sans doute être amené à élucider ces symboles : je vais créer une nouvelle rubrique dans mon carnet, que je vais intituler « Index des symboles », page 188. Cette rubrique contient plusieurs sous-catégories dont je compléterai les titres à la fin. Lorsque je verrai un symbole inconnu, en marge ou dans une salle, j'irai dans cette rubrique et j'inscrirai un trait à côté de ce symbole, pour signaler que je l'ai déjà vu. Je reviendrai compléter sa signification lorsque je l'aurai trouvée. Je peux déjà y indiquer la signification des symboles ⊙ et ☽.

OU 1-CALOR

Il fait sacrément *chaud* ici. C'est d'ailleurs comme cela que j'ai pu relier cette pièce à son nom inscrit sur la carte. *Calor*, cela veut dire chaud je crois. Il n'y a qu'une seule issue, vers la salle qui se nomme « L'Athanor de l'Alchimiste ». Rien de spécial à part cela, il fait juste *chaud*. Mouais. De fait, j'ai de la place pour écrire à cet emplacement. Essayons de mettre les choses au point.

Je me suis rendu près de la vieille Tour, la nuit même où le défi m'a été lancé. Au début, tout était calme. Cela n'avait pas été difficile de tromper la vigilance des gardiens et, comme le parc qui entourait la Tour était fermé pour la nuit, j'étais certain d'être tout à fait seul. Alors, je me suis tapi dans un recoin d'ombre en essayant de trouver la position la plus confortable possible, et j'ai attendu.

Cela m'a rappelé mes fugues nocturnes, lors des étés passés dans la vieille demeure familiale. Je faisais le mur avec Abigail, la cousine avec laquelle j'avais le sentiment de partager bien des points communs, en particulier la défiance

vis-à-vis de nos parents (mon père et sa mère étaient frère et sœur) et le goût des escapades. Je crois que, par la suite, elle aussi a voulu couper les ponts avec la famille, et par conséquent avec moi. Mais j'y reviendrai si cela me paraît utile.
En tout cas, bercé par ce vieux souvenir, fatalement, je me suis endormi ! Les soirées étaient encore assez douces et la ville autour tranquille. Dans le quasi silence de la nuit, j'ai rapidement piqué du nez.
Je crois qu'un frisson m'a tiré de ma torpeur. Les réverbères aux abords du parc s'étaient éteints et le silence était pleinement tombé sur la ville. Il faisait nettement plus frais. Je m'apprêtais à trouver une position plus confortable, tout en me maudissant d'avoir accepté trop vite de passer la nuit ici, quand soudain... Je me fige.
Je ne rêve pas : de là où je me tiens caché, à la lueur de la Lune, je distingue nettement une silhouette qui émerge d'une fenêtre basse sous l'une des arcades de la Tour. Un nouveau frisson me parcourt l'échine mais cette fois, ce n'est pas le froid.

Car je connais bien la Tour et je sais qu'à cet endroit, il n'y a aucune ouverture et encore moins de fenêtres. Alors que je commence à perdre mon sang-froid, une deuxième personne s'approche. D'où vient-elle ? Je croyais être seul. Une discussion animée s'engage entre les deux arrivants et le ton semble monter. Malheureusement, je reste trop éloigné pour pouvoir entendre quoi que ce soit d'intelligible, et comme les deux types restent dans l'ombre, il m'est impossible de les identifier. Toutefois, à la faveur d'un geste d'énervement, le second personnage s'écarte soudain, laissant la lueur de la Lune tomber sur son visage.

Mon sang se glace une nouvelle fois : je vois mon père ! Le père que j'ai fui sans jamais plus me retourner, ni répondre à ses appels. Enfin, rien de sûr car la vision est brève et cela fait des années que je ne l'ai plus vu. Comment est-ce possible ? Dans quel guet-apens suis-je tombé ?

Le temps que je reprenne mon souffle, les deux individus se sont quittés. Hors de question d'en rester là. Je laisse filer celui que j'ai cru reconnaître comme mon père puis, dès que la voie semble libre, je me précipite vers son interlocuteur qui a déjà franchi la fenêtre. *Impossible*. Je l'agrippe de toutes mes forces avant qu'elle ne soit complètement refermée. « Va-t'en ! » me crie-t-on de l'intérieur. Le sang me monte au visage. J'entends soudain des bruits. Jetant un regard du côté de l'entrée du parc, je vois un troisième larron s'approcher. Il est armé d'une barre de fer ou quelque chose qui y ressemble. C'est le type qui m'a parlé des disparitions !

Il avance vers moi d'un pas résolu. S'agit-il d'un piège qu'il m'a destiné ? A-t-il un lien quelconque avec les deux hommes que j'ai aperçus ? Pas le temps de disserter. La peur s'empare de moi. Je redouble d'efforts pour ouvrir la fenêtre et l'adrénaline fait le reste : l'abattant cède. Je bascule de l'autre côté et m'effondre sur un sol dur. La fenêtre se referme aussitôt en claquant.

Ici, il fait sombre. Je ne prends pas le temps d'examiner les lieux mais je ne remarque personne à proximité, alors qu'il y avait quelqu'un pour m'empêcher d'entrer quelques instants plus tôt. J'ai beau scruter les ténèbres, je ne vois pas une seule silhouette.

Je n'ai cependant pas le loisir de m'attarder beaucoup. J'entends soudain cogner à la fenêtre avec violence et j'ai comme une décharge électrique dans le cou. Le type essaie toujours de m'atteindre ! Je cherche mon chemin à tâtons et je m'éloigne aussi vite que possible.

Quelques pas plus loin, le son est déjà estompé. Toujours personne. Je continue jusqu'à ne plus rien entendre d'autre que le bruit de ma respiration et le sang qui bat à mes tempes. Puis j'éprouve une sorte de vertige. Quelque chose me vrille le crâne et le sol se dérobe sous mes pas. Ensuite, plus rien. La chute, le noir...

Et donc me voilà ici.

Je quitte la salle « Calor » pour continuer mon exploration. Toutefois, presque immédiatement après être sorti dans le couloir, je remarque une grille en bas du mur de gauche. Elle est rouillée mais peut être ouverte au prix de forts grincements. Elle bouche une sorte de puits, assez grand pour que je puisse m'y glisser. Il y a d'ailleurs des barreaux pour aider à la descente. Je m'engage sur quelques mètres mais malheureusement, l'obscurité devient vite trop profonde. Ce

serait bien imprudent de ma part de descendre davantage sans source de lumière.
Je hausse les épaules et referme la grille. À ce moment-là, toutefois, un détail retient mon attention : un soleil a été gravé sur le mur. En dessous, une inscription est peinte :

Le Soleil dissout la nuit

J'aimerais bien qu'il en soit ainsi. J'aurais accès à plus de salles et peut-être à la sortie. Voyons : et s'il s'agissait d'un indice pouvant me guider vers une source de lumière ? Cette phrase n'est sûrement pas inscrite ici par hasard. D'ailleurs je peux presque l'écrire en signe : ☉ dissout ☽. Il me suffira peut-être de savoir comment écrire « dissoudre » avec des symboles pour pouvoir avancer.
Bref, voilà quelque chose qui n'est pas compréhensible pour le moment mais qui, j'espère, le sera plus tard. Les indices doivent être éparpillés un peu partout. Je vais déjà explorer les pièces qui me sont accessibles.

I – Si j'en crois les instructions du carnet, je n'ai rien à écrire ici tant que je n'ai pas trouvé quelque chose de particulier. Donc je m'arrête là et je vais directement à la prochaine salle marquée par un ☉, celle qui se nomme « l'Athanor de l'Alchimiste ».

II – Rien à signaler.

III – Rien ici.

☽⧖ 1 BIS – LA SALLE AU SABLIER SANS SABLE

Cette salle m'est accessible uniquement si je dispose d'une source d'éclairage.

Je suis descendu avec prudence. Ce n'est guère pratique avec la Pierre de Lune dans une main ! Le sous-sol est un simple réduit en pierres maçonnées. Sur le sol est posé un sablier.

Qui ne contient pas de sable. Je le prends et le note parmi mes trouvailles.

I – Rien à signaler.

II – Il y a un truc qui cloche. Je suis bien là où la rubrique des *Formules Chymiques* me dit d'aller, mais je ne trouve rien au fond de ce puits, à part le sablier que j'ai déjà récupéré. Et puis, si je devais vraiment être sur la bonne voie, j'aurais ressenti cette fameuse nausée qui est censée indiquer le développement de mon Pouvoir. Bref, fausse piste. Tant pis, je continue : je trouverai peut-être un autre indice ailleurs.

III – Hééé, non ! Rien.

⊙ 2–L'ATHANOR DE L'ALCHIMISTE

Cette salle est occupée par une cheminée large et vide, éclairée par un rai de lumière qui vient d'un soupirail inaccessible sur le mur opposé. Elle est décorée par des panneaux sculptés. Curieux, je m'introduis dans l'âtre pour sonder le conduit de cheminée. Il y a bien quelques prises qui me permettraient de monter, mais c'est trop sombre pour que je m'y aventure.

Je décide donc de m'intéresser aux panneaux. Le premier met en scène un homme vieux et barbu assis à côté d'un fourneau dont les flammes lèchent un récipient. Il tient ce qui ressemble à une cornue d'alambic.

Sur le second panneau, deux dragons s'affrontent, l'un ailé et l'autre non.

Bon, ben me voilà bien avancé.

Cela me rappelle cependant quelque chose, mais ce souvenir me met mal à l'aise. Je me souviens, quel âge pouvais-je avoir ? Nous étions quelque part sur la côte ouest avec mes parents et mon oncle. En fin d'après-midi, celui-ci avait insisté pour faire un détour vers une ancienne villa bourgeoise, ouverte à la visite, sans expliquer pourquoi. Et nous y étions allés. J'étais encore trop petit à l'époque pour leur en vouloir de nous baigner, mon frère, mes cousins et moi, dans ce climat de superstition qui nous a empoisonné l'existence pendant des années. Même si, rétrospectivement, j'avais déjà le sentiment confus que ma famille n'était pas dans la norme. Un sentiment qui se traduisait par une sorte de nausée, la même que j'éprouve par moments ici. Comme si le motif de cette visite apparemment improvisée avait quelque chose d'anormal, et que cette simple curiosité touristique cachait une intention plus obscure et plus malsaine.

Mais je m'égare.

Lors de cette visite, mon oncle s'était uniquement intéressé à une cheminée du même genre que celle devant laquelle je me tiens à présent. Elle était couverte de symboles. Je me rappelle que mon oncle m'en avait désigné quelques-uns, notamment le symbole du feu qui ornait le fronton. Je n'ai aucun souvenir des autres, mais je me souviens que mon imagination d'enfant avait été frappée par les dragons représentés sur l'un des panneaux.

Il s'agissait d'une cheminée *alchimique* censée décrire le travail permettant de percer les secrets de la matière. Cette cheminée-là doit être du même type. Le premier panneau ne laisse d'ailleurs pas de doute : l'alchimiste se trouve devant l'athanor, le creuset grâce auquel il conduit ses recherches. Cette cheminée est sans doute un athanor elle aussi. En même temps, coincé dans la Tour de l'Alchimiste, je ne devrais pas être étonné de cette découverte.

Je me demande bien ce que je suis censé y chercher.

Mais si ! Comment ai-je pu manquer ce détail ? Sur le bas-relief de l'alchimiste, le fourneau porte lui-même un panneau, frappé d'un symbole et d'un chiffre romain :

△III

Je reconnais le triangle : c'est le symbole du feu, celui que mon oncle m'avait montré le jour où nous avions vu l'athanor. Je peux donc déjà l'indiquer dans l'index des symboles, page 188. Il est suivi d'un trois en chiffre romain.
Je reviens sur le triangle, et en regardant le plan, je me rends compte qu'il est présent dans l'un des cercles : celui qui représente la salle du Foyer.
Mhm. Le symbole de la salle du Foyer, suivi d'un III... À mon avis, cette inscription est une adresse : elle m'indique que je dois aller dans la salle du Foyer, descendre au paragraphe III, et lire ce qui s'y trouve. Je trouverai cette salle un peu plus loin dans le carnet : elle est indiquée avec un △ en marge, à côté du titre.

I – Pas la peine d'insister, là.

II – Non.

III – Non plus. Et, juste au cas où, ce n'est pas la salle du Foyer ici ! Un peu de concentration, quoi !

☽ 2 BIS–AU-DESSUS DE L'ATHANOR

Cette fois, avec la Pierre de Lune, c'est plus facile. Les prises dans le conduit de cheminée sont aisées à saisir et j'atteins rapidement une sorte de plate-forme. Je suis dans une toute petite pièce – je touche les deux murs opposés en étendant les mains. Au-dessus de moi, le conduit de cheminée s'étrécit au point que je ne puisse grimper davantage. Dommage, un conduit de cheminée, cela mène forcément vers une sortie !

Les murs sont couverts d'inscriptions diverses, souvent à demi effacées et difficilement lisibles. Vu la diversité des écritures, j'ai l'impression que la plupart des personnes qui sont passées un jour dans cette Tour ont laissé leur marque ici.

J'hésite à laisser la mienne car ce serait sans doute sous la forme d'un dessin très malpoli.

Je remarque surtout les inscriptions qui sont groupées autour d'une gravure :

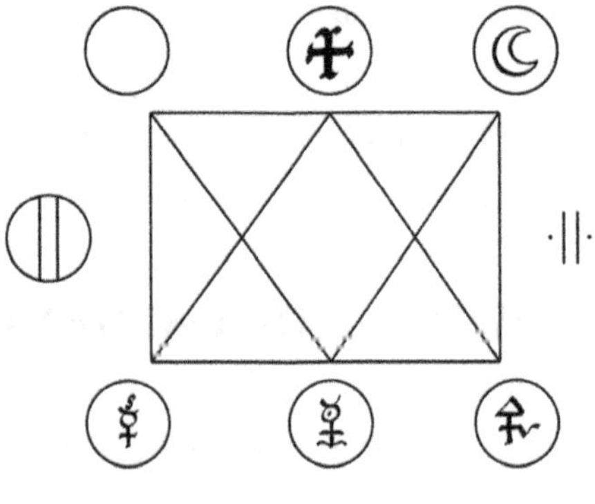

Mais ce n'est pas seulement une gravure.
En effet, ce que j'avais pris au départ pour un motif gravé dans le mur à gauche est en fait une poignée en creux qu'on doit pouvoir tourner. Sauf que ça ne veut pas tourner, quels que soient mes efforts. À droite, il y a le chiffre romain II. Entre ces deux éléments, des losanges dessinés dans un rectangle et, aux pointes, six symboles. Je constate, là aussi, qu'il ne s'agit pas de simples gravures, mais de boutons que l'on peut enfoncer.
Je fais plusieurs essais. La poignée ne bouge pas. On ne peut enfoncer que trois boutons à la fois. Si on appuie sur un quatrième, tous les autres reviennent dans leur position initiale, et il faut recommencer.
Mon attention se reporte sur les inscriptions qui maculent le mur autour de ce mécanisme. Plusieurs personnes ont apparemment cherché un lien avec *Le Livre des Formules Chymiques*, mais sans succès. En revanche, je note quelque chose qui m'intéresse davantage. Quelqu'un a écrit :

Les trois parties de la matière

Donc si je comprends bien, je dois appuyer sur les trois symboles qui composent les « parties de la matière », et voir le résultat dans la rubrique « Combinaisons » du carnet. L'un des livres de la bibliothèque pourra sûrement m'aider...
Rien d'autre ici. Soit je trouve une solution à cette énigme, soit je passe mon chemin.

☉♄ 3–LE FESTIN DE SATURNE

Je continue ici après avoir lu le paragraphe III de la salle du Foyer.
Cette salle est rectangulaire et la seule source de lumière provient d'un soupirail, évidemment trop haut placé. Il éclaire le mur à ma droite. Sur celui-ci, un grand tableau que tout le monde connaît ou presque : un homme gigantesque et nu, accroupi, le regard fou et engloutissant un corps humain plus petit. C'est la représentation de Cronos le titan dévorant ses enfants. Ou Saturne, chez les Romains.

C'est d'un goût exquis et parfaitement rassurant dans le contexte. Heureusement que je ne suis pas claustrophobe.
Blague à part, j'ai déjà vu ce tableau. Je veux dire, ailleurs que dans un bouquin ou un musée. Ce n'est peut-être pas utile, mais il est possible que chaque détail compte ici. Alors autant signaler ce qui me passe par l'esprit, même un souvenir apparemment anodin.
Bref, j'ai déjà vu ce tableau, dans la vieille baraque du Morvan. C'est un souvenir assez vieux et plutôt vague maintenant, mais je suis sûr de le reconnaître.

Dans mes jeunes années, nous nous retrouvions souvent coincés dans la maison familiale pendant les vacances scolaires, en tout cas les années où nos parents nous laissaient aller à l'école, et nous avions beaucoup de temps à y perdre. À l'époque, la baraque et son parc paraissaient immenses et, la plupart du temps, mes cousins, cousines et moi-même prenions la clé des champs pour nous ébattre aux alentours, loin des adultes. Mais lorsque le temps était mauvais, nous étions coincés près des parents, avec le sentiment diffus de gêner leurs conversations.

Alors, nous partions explorer les étages. Souvent, je me suis retrouvé dans les anciens appartements de ce vieil oncle qui, déjà, n'habitait ici que de manière épisodique. Je me rappelle le frisson de l'interdit, car il nous avait été clairement défendu de venir fouiller dans ses affaires. C'est là-bas que j'ai vu le tableau, sur le mur de la bibliothèque.

Comme je ne néglige désormais plus rien, je tente de le décrocher. Il est particulièrement lourd et je manque de me faire un bon tour de dos en le déplaçant. Uniquement pour constater que

derrière, il y a un mur plein et qu'aucun document secret ne se cache dans le cadre…
Je le remets en place tant bien que mal. Ce truc pèse une tonne ! J'ai l'impression que c'est surtout le cadre, fait dans un métal plutôt sombre et mou : quand j'y enfonce mon ongle en insistant bien, cela laisse une petite rainure. On dirait bien que c'est du *plomb*. Pas étonnant que ça soit si lourd. Toutefois, dans mon effort, j'ai remarqué qu'une dalle était branlante. En prenant appui sur celle-ci, il n'est pas difficile de la desceller. La dalle elle-même est carrée et fait quelque chose comme une soixantaine de centimètres de côté. J'arrive à la pousser au prix d'un gros effort car elle aussi pèse son poids.
Il y a une salle en dessous et ça sent la vieille crypte moisie. De là où je suis, je ne distingue cependant rien. Il va décidément falloir que je trouve une source de lumière pour être sûr de ne rien rater.

I – Nope.

II – Que dalle !

III – Rien à signaler.

☽ 3 BIS – LA CRYPTE ET SON SQUELETTE

Aidé par la Pierre de Lune, je peux distinguer ce que contient la salle sous le tableau de Saturne. Il s'agit d'une pièce de la même dimension. Je dois être à environ trois mètres du sol. Les murs sont faits des mêmes pierres taillées et le sol semble dallé, lui aussi. Il y a quelque chose d'indistinct au fond, comme une bâche, à peu près de la taille d'un sac de couchage. Je cherche un moment un moyen de descendre, puis je remarque que l'un des murs a des barreaux.

Il ne me faut que quelques minutes pour trouver la dalle qui se trouve au-dessus de ceux-ci, tout contre la paroi. Après quelques efforts supplémentaires (je vais finir par rebaptiser cette pièce « la salle de muscu »), je libère enfin le passage et descends précautionneusement.

Ah ! Le coup de flippe que je viens de me prendre ! J'espérais trouver des choses intéressantes sous la bâche et je n'ai pas été déçu. Un squelette, un fichu squelette ! Un cadavre, quoi ! Recroquevillé dans ses vêtements ! Il faut que je souffle un instant pour retrouver mon calme et ma lucidité. Ce pauvre type est-il tombé ici,

sans pouvoir ressortir ensuite ? Pas sûr. Les os des jambes sont intacts. Bon sang ! Et s'il était resté coincé ? Condamné à mourir de faim ? Si quelqu'un l'avait enfermé ?
On respire, on se calme... C'est peut-être juste là pour m'impressionner. Quoi qu'il en soit, la perspective de me trouver enfermé en sa compagnie ne m'inspire guère. Je me dépêche donc de faire le tour de ce que je peux récupérer ici. J'imagine qu'il est descendu pour une raison précise, mais je ne trouve rien de particulier. Je dis « il » mais en fait, je suis bien incapable de savoir si c'est « il » ou « elle ». Quelle importance, à vrai dire ?
Je reviens vers le squelette. Ses habits me semblent amples, d'un autre temps. Ils sont usés et poussiéreux au possible. Il me faut malgré tout dépasser mon dégoût pour fouiller plus avant. Bingo ! Dans la doublure de sa cape, sous une poche percée, je mets la main sur un morceau de papier froissé. Cela ressemble à la page arrachée d'un carnet :

... J'ai visité l'intérieur de la terre (visita interiora terrae) mais je ne n'arrive pas à trouver la pierre (invenies

occultum lapidem) cachée qui est la vraie médecine (vera medicina). *La terre doit être rectifiée* (rectificando). *... J'ai besoin de la vraie médecine, car là, je commence à crever de faim... Il faut que je cherche encore ce que je dois rectifier. Je suis sûr de ne pas être loin de la solution de cette formule...*

Je me rends compte qu'il s'agit d'une traduction de la phrase que j'ai trouvée dans la salle du Lion Vert : « *Visita Interiora Terrae Rectificando Invenies Occultum Lapidem – Vera Medicina* ».
Rien d'autre aux alentours. Mince ! Si ça se trouve, mon bonhomme est bel et bien resté coincé ici. Peut-être s'est-il évanoui après avoir épuisé ses forces. Peut-être s'est-il trouvé trop faible pour remonter. Mais, dans ce cas, comment se fait-il que la dalle ait été refermée derrière lui ? Peut-être qu'on l'a ensuite dépouillé et oublié dans ce trou.
Je crois que j'ai tout intérêt à me creuser les méninges pour ne pas finir comme lui. En tout cas, son message va peut-être m'aider : « La terre doit être rectifiée »... *Rectificando*... Je sais que la terre se note ∇. Peut-être qu'en combinant

avec le mot latin, je peux aboutir à une formule chymique ? Dans ce cas, je sais où aller vérifier.

I – Rien à signaler.

II – Rien à signaler.

III – Rien à signaler.

⊙ 4 – LA SPHÈRE ARMILLAIRE

Ce n'est pas parce que je suis prisonnier de je ne sais quel psychopathe qu'il ne faut pas dire les choses telles qu'elles sont : cette salle est splendide. Sous une voûte bleue étoilée, de laquelle semble descendre une clarté lunaire qui éclaire la salle, se déploie un étonnant assemblage de cercles de métal, formant une sphère.

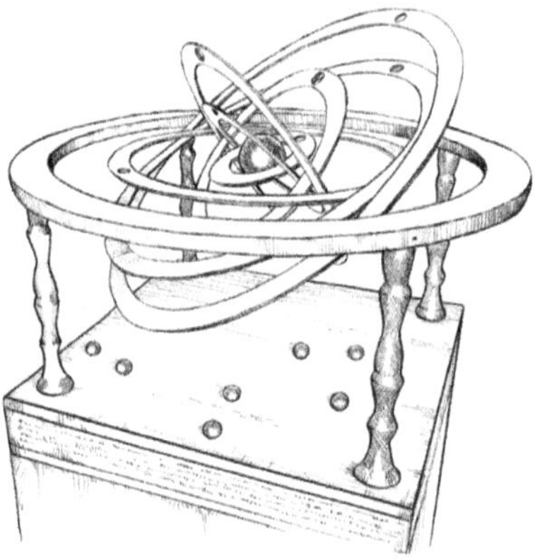

Un cercle aussi large que l'envergure de mes deux bras tendus semble être l'élément fixe qui maintient cette machine en place. En son sein, je distingue sept autres anneaux du même métal. Du laiton, je pense, comme les vieilles pièces de monnaie. Chacun des anneaux est contenu par un anneau plus large et peut pivoter autour d'un axe. Ainsi, les trajectoires possibles de chaque anneau définissent une sphère qui contient une autre sphère... jusqu'au cœur. Cela donne très exactement sept sphères.

Ce cœur est lui-même une sphère pleine. On y distingue, gravé dans le laiton, le tracé des continents.

Donc, pas de doute, ce truc est une représentation du système solaire, avec la Terre au centre. Bonjour le Moyen Âge...

Le cercle métallique le plus large, celui qui contient tous les autres, est intact. En revanche, je remarque qu'un trou en forme de disque a été pratiqué sur la surface des sept autres anneaux. Tous ces trous circulaires ont le même diamètre. J'imagine que ces espaces correspondent à des planètes et que les cercles métalliques

représentent leur orbite ou leur position dans le ciel.
Justement, sur le sol, dispersées au hasard, il y a sept boules, toutes de la taille d'une pomme. L'une est dorée et bien lourde. Je la laisse de côté pour m'intéresser à une autre, qui semble être en verre et contient un liquide argenté. Mince ! Aussi lourde que la précédente. La troisième est une pomme argentée parfaitement polie, plus légère. Elle renvoie la lumière comme un miroir. Il y en a deux autres, également argentées mais plus ternes et plus légères (l'une m'a l'air d'être en fer) et une qui semble être en cuivre. Enfin, une dernière de couleur gris sombre qui pèse aussi son poids.
Bref : sept pommes métalliques (exceptée celle qui est en verre). Les trois plus lourdes me semblent à peu près du même poids. La pomme en cuivre et une des deux pommes gris clair sont les plus légères. Entre les deux, dans l'échelle du poids, la seconde pomme grise et celle qui est argentée et bien polie.
Alors que je les examine, je m'aperçois qu'elles sont chacune gravées d'un nombre différent,

de 1 à 7. Cela donne, dans l'ordre, la pomme gris sombre qui porte le chiffre 1, l'une des pommes grises, et plus légère, puis la seconde qui semble être en fer, la dorée, la pomme de cuivre, celle en verre et enfin, la pomme polie qui porte donc le chiffre 7.

J'ajoute que la pomme d'or, qui représente probablement le Soleil, est marquée également du symbole ✡☉ tandis que la pomme d'argent polie et brillante comme un miroir, car je crois bien que c'est de l'argent, porte le symbole . Ces deux-là m'intéressent tout particulièrement. Je les mettrai dans mes trouvailles dès que j'en aurai fini avec cette énigme.

Le mystère s'épaissit. Hum... cela dit, si je me souviens bien, j'ai vu tout à l'heure une représentation de Saturne dans un cadre en plomb. OK. Saturne c'est donc la pomme gris sombre, qui doit être en plomb. Ça explique le poids. Je connais donc déjà son nom et le métal qui lui correspond. Et je sais déjà que la planète Mercure correspond au métal du même nom, le seul qui est liquide à l'état naturel, si je ne me trompe pas.

Du coup, dans quel anneau, je veux dire, dans quelle sphère dois-je les placer ?
Euh... d'ailleurs il manque des planètes, là. Sept, ça me paraît trop peu. Sauf si c'est bien une représentation médiévale des planètes : dans ce cas, toutes n'ont pas encore été découvertes.
À cet instant, mes yeux se sont habitués à la clarté lunaire qui règne ici. Je me rends compte qu'il y a des inscriptions sur les anneaux et, sur le pourtour, une énigme. En vers.

Au sein de la sphère armillaire
Replace en ordre les sept pommes
Multiplie au sein de ces paires
Le chiffre des pommes et des sphères
Puis additionne en astronome
Et prends la moitié de la somme
Tu trouveras ce que l'on nomme
Le nombre-clé de l'Univers !

Suivent deux petits cadrans gradués comme ceci :

0	-
1	♉
2	△
3	♏
4	🜃
5	🜁
6	♈
7	▽
8	♊

-	0
VI	1
II	2
VIII	3
IV	4
V	5
I	6
VII	7
III	8

Nan mais sérieux, une énigme en vers, quoi ! Pitié ! Restons calme et concentré. Chaque anneau définissant une sphère est lui-même marqué d'un chiffre, de 7 pour le plus grand à 1 pour celui qui enserre la Terre. Bon. Les deux cadrans me servent donc à « entrer » le nombre du résultat et à le traduire. Par exemple, si je calcule que le nombre-clé de l'Univers est 78, je dois regarder au niveau du 7 du premier cadran, qui équivaut à ▽, puis au niveau du 8 du deuxième cadran,

qui équivaut à III. Et, muni de cette solution, je pourrai me rendre dans la salle symbolisée par ∇ pour aller lire le paragraphe III.
Je remarque aussi qu'il y a un petit symbole près de l'orifice destiné à accueillir les planètes. Dans l'ordre, de l'anneau le plus à l'extérieur vers l'intérieur, cela donne :

♄ ♃ ♂ ☉ ♀ ☿ ☾

J'ai donc ici les symboles des planètes, de la plus éloignée à la plus proche du centre, autrement dit, de la Terre. Une indication précieuse. Je pense que si je connais le symbole correspondant à chaque planète, j'arriverai à savoir dans quel ordre placer chaque pomme sur la bonne sphère.
Je fais quelques essais et je place les pommes un peu au hasard sur les différents anneaux. Bon sang ! Y'a rien qui tient ! Sans doute à cause du poids des sphères métalliques : une fois que j'en place quelques-unes, les anneaux ne tiennent pas en place et les sphères retombent ! Je n'ai pas assez de bras pour tout tenir !

Réfléchissons un peu. En dehors du côté pas pratique, si je m'en tiens au hasard, je dois tester quelque chose comme… vu le nombre de pommes et de sphères… plus de cinq mille associations possibles. Autant dire que je n'en ai pas fini de sitôt. Il doit bien y avoir un moyen d'aller directement au bon ordonnancement des planètes.

Bon. Pour être sûr de tout retenir, je vais faire un tableau dans le carnet, page 241 : je pourrai ainsi noter le symbole de chaque pomme, en attendant de trouver le métal de chacune et la planète qu'elle représente. Je peux déjà compléter Saturne, puisque j'ai déjà croisé son symbole et le métal qui y est lié.

I – Rien à signaler.

II – Rien à signaler.

III – Clic ! Quelque chose vient de s'enclencher dans le mécanisme. Je m'écarte un peu… Les anneaux bougent d'eux-mêmes sur leurs axes. Tout à coup, le soleil s'allume. Comme une ampoule. Comment est-ce possible ? Je remarque aussi qu'il y a une sorte de vapeur qui s'exhale de la boule argentée. Aurais-je déclenché un piège ?

Mais non. Le mouvement des sphères continue, puis les anneaux contenant la boule dorée et celle de cuivre viennent se placer sur le même plan que l'anneau extérieur. D'un coup, tout s'arrête. Les cinq autres boules glissent de leur emplacement et retombent sur le sol dans un grand bruit mat. La boule dorée, le soleil, quoi, s'éteint.

Je me rapproche en prenant soin de ne pas toucher la sphère argentée qui, d'ailleurs, ne fume plus. Les deux planètes sont positionnées au centre de deux maisons du zodiaque, le soleil en Bélier et la boule de cuivre sur le Cancer.

Je ne sais pas si c'est à cause de l'embrasement du soleil mais j'ai eu très *chaud* d'un coup.

Cela veut sûrement dire quelque chose, mais pour le moment, je sèche.

☉△ 5 – LE FOYER

Quand je me suis avancé dans l'unique passage qui permet d'accéder à cette salle, j'ai immédiatement remarqué la lumière vacillante qui en provenait : un feu intense brûle en plein centre de la pièce. Il émane d'un foyer de forme ronde, qui doit faire environ un mètre de diamètre et ressemble à une sorte de four. Une grille grossière

le recouvre. Juste en dessous, des flammes brûlent intensément.
Ce serait bien pratique pour des grillades si j'avais des brochettes sous la main.
La fumée s'échappe par une hotte au-dessus du foyer. Elle est soutenue par quatre petits piliers et est marquée du symbole △. Il m'est impossible de jeter un œil par le conduit de cheminée, du fait de la fumée et surtout de la chaleur qui émane du foyer, et qui m'empêche de m'approcher trop près.
Ce feu m'invite à me reposer un peu. Même si ce labyrinthe n'est pas particulièrement froid ou humide, c'est rassurant de pouvoir se laisser gagner un moment par cette chaleur. Si seulement j'avais quelque chose à me mettre sous la dent, ce serait parfait.
Car là, je commence sérieusement à avoir la dalle et, mis à part un peu d'eau, je n'ai rien trouvé de comestible ici jusqu'à présent.
Des décorations courent sur la margelle du foyer, des motifs végétaux ou autres, sans réelle signification à mon avis. En revanche, je remarque deux dragons en bas-relief en train de se battre sur

différents panneaux. À gauche, l'un, ailé, domine le second, dépourvu d'ailes. Sur le panneau du milieu, ceux-là baignent dans les flammes et sont toujours à se battre. Enfin, sur le troisième, le feu brûle entre eux et ils sont séparés. Ça ressemble aux dragons dans la salle de l'Athanor.

Le sol est fait de petits carreaux de céramique. Je l'aurais à peine remarqué si l'un d'eux n'était pas en train de se détacher. Il est bizarre, ce carreau :

Je n'en vois pas d'autres comme lui sur le sol. Je vais l'emporter et le mettre dans mes trouvailles sous le nom de « Carreau de la salle du Foyer ».

I – Rien à signaler.

II – Sel, souffre, mercure. Formant le triangle du feu à côté du chiffre II… Léger sentiment de nausée. Bingo ! C'était bien ça. La poignée se libère et peut tourner. Je n'entends rien de spécial de là où je suis mais l'effet, s'il y en a un, a pu se produire sans que je m'en aperçoive.

Mon intuition me dit que c'est dans la salle du Foyer qu'il s'est passé quelque chose. Et c'est bien le cas ! Quand je reviens dans cette salle, la lumière est moins intense et pour cause : les flammes se sont abaissées à l'intérieur du foyer. La petite marmite est maintenant accessible.

Mais elle doit être encore sacrément chaude ! J'enroule mon manteau autour de mes bras pour me confectionner une protection. Comme cela, le pot de terre cuite est relativement facile à attraper. Je le dépose ensuite sur le sol pour le laisser refroidir et enfile mon manteau.

Un peu d'attente. Je fais les cent pas, impatient de savoir sur quel butin je suis tombé, cette fois. Ça y est, c'est suffisamment refroidi. Je soulève le couvercle et, ta-da !

C'est vide !

Je me demande pourquoi je ne suis même pas étonné. Un fichu chaudron portatif, vide. Sur le dessous, je remarque juste le symbole de la terre 🜃 et rien d'autre. Pas le moindre morceau de mouche ou de vermisseau.

Cela dit, cela pourra peut-être servir. Je l'embarque avec moi.

III – Incroyable. Comme je m'y attendais, le deuxième panneau au-dessus du foyer sonne creux. Je force un peu et… bingo ! Le panneau pivote et dévoile une cavité secrète. À moi le butin !

Sauf que rien. La cache est vide. Quelqu'un a dû passer avant moi et je…

J'ai dû m'asseoir un moment avant de reprendre la plume. La nausée. Encore. Elle est revenue pendant que je fouillais la cheminée. Il y a quelque chose qui cloche. Je me suis coulé dans la manière dont mon carnet me proposait de prendre des notes et cela fait sens : △III. Et me voilà dans la salle du Foyer. Spontanément, je me mets donc à noter ce que j'y trouve sous la note III, c'est-à-dire ici.

Et cela me semble logique. Disons plutôt, naturel et spontané. C'est comme si, depuis le début, je devinais intuitivement comment ce dédale est organisé, et que je me coulais dans une forme de logique nouvelle qui devrait au contraire heurter ma raison. Comme si j'obéissais à un instinct puissant, une sorte de *pouvoir* qui me pousse en avant, presque malgré moi.

Pouvoir… Le mot figurait déjà au commencement de ce carnet, avec une majuscule. Il résonne étrangement.

Je reviens vers la cache. Est-elle vraiment vide ? Non : en remuant la poussière, je trouve un petit feuillet très abîmé et à peine lisible.

Toi qui te tiens enfermé dans ce lieu comme je le fus jadis, je te laisse ce message qui, je l'espère, ne tombera pas entre les mains du Souffleur. Si comme moi, tu sens le Pouvoir se réveiller en toi…

Là, je tremble… encore le *Pouvoir* ! Courage : il faut continuer !

… si comme moi tu sens le Pouvoir se réveiller en toi, tu auras déjà organisé ton parcours en décrivant chaque salle que tu traverses.

Bon OK, ça, c'est déjà fait.

L'initiation que tu vivras dans cette Tour sera pénible. Tu portes en toi le Pouvoir des alchimistes et le labyrinthe est d'abord en toi-même. Le parcourir te changera à jamais, et ces changements seront sensibles d'abord sous la forme de nausées désagréables. Tu souffriras chaque fois que le savoir creusera en toi. Mais plus la difficulté sera grande, plus ton Pouvoir se déploiera et plus tu te sentiras fort. Tu subiras surtout cette nausée lorsque tu seras confronté à une épreuve. Certaines parties de ce labyrinthe ne te seront accessibles que lorsque ton Pouvoir se sera suffisamment développé.

Pour autant, il ne faut pas que tu restes indéfiniment bloqué devant une difficulté qui serait pour toi insurmontable. Car dans ce cas, tu serais condamné à mourir de faim dans ce dédale ou, comme le Souffleur, à y errer indéfiniment. Aussi, je te laisse quelques aides qui te permettront d'avancer : un feuillet d'indices se trouve au verso de cette page. Recopie-le dans ton carnet et garde-le précieusement. Surtout, ne le consulte pas sans avoir mûrement réfléchi : si tu veux tirer le meilleur profit de ton initiation dans cette Tour, il te faudra utiliser avant tout tes propres ressources.
Enfin, mon secret ami, n'oublie pas de replacer mon message dans sa cachette avant de partir de ce lieu !

Grand merci « secret ami », je me sens un peu moins perdu, même si j'ai quand même l'impression que tu me racontes des âneries mystiques. Pourtant, le mot « Pouvoir » me trouble. Je ne peux y rester indifférent. Je recopie donc soigneusement le feuillet des indices à la fin de mon carnet (page 242). Je m'y référerai en temps utile et seulement si je suis bloqué.
Ce texte apporte quelques réponses mais pose aussi beaucoup de questions. Qui est donc le Souffleur ? Est-ce une menace ?
Je comprends cependant que tout fait sens ici. Un symbole, un chiffre, cela peut être une indication pour savoir

où chercher. Comme ΔIII. Des sortes de coordonnées. Des lieux en même temps que des idées.

Bon. Pour éviter de me perdre, je vais reprendre l'exploration des salles dans l'ordre proposé par le carnet, et donc me rendre dans la salle du Festin de Saturne, page 32.

☉♏ 6 – LES CLAVICULES

Je n'ai pas compris tout de suite pourquoi cette salle s'appelait « les Clavicules » : les statues d'Adam et d'Ève trônent au beau milieu. Franchement, on s'attendrait plutôt à ce qu'elle soit nommée « La Salle d'Adam et Ève » ou « la Création » ou « le Paradis terrestre ». Mais passons.

Non, cette salle s'appelle comme ça à cause des petites clés. Mais j'y reviendrai plus tard.

Cet endroit dégage une ambiance étrange. Quelque chose de primitif. Le sol est de terre battue, les murs semblent avoir été taillés dans la roche. Une vraie caverne, dans laquelle il fait très *sec*. La lumière provient elle-même d'une cavité au plafond et je ne parviens pas à en discerner la source. Malgré la faible clarté, aucune trace de moisissure ou d'humidité sur les murs. Le sol

dégage d'ailleurs à chaque pas une poussière qui m'irrite et m'assèche la gorge.
Il y a donc deux statues, de taille réelle. Ève et Adam, Adam et Ève, vêtus à la mode traditionnelle du paradis terrestre, c'est-à-dire sans rien. Ils tiennent l'un et l'autre une branche bien feuillue, histoire de ne pas livrer entièrement leurs parties intimes à la vue de tout le monde. C'est d'ailleurs comme cela que je les ai reconnus. Dans l'autre main, tous deux brandissent une clé. Mais, comme je l'ai dit, j'y reviens après.
Entre eux deux, pas de serpent, pas de pomme, pas d'arbre de la connaissance, mais un coffret. Je me suis rapidement rendu compte qu'il était scellé au sol lorsque j'ai voulu m'en emparer. Le couvercle du coffret est marqué des symboles suivants :

Je me suis peut-être avancé un peu en disant qu'il n'y avait pas d'arbre de la connaissance ici. Quant au symbole qui est en dessous, je ne sais pas ce qu'il veut dire, en tout cas pour l'instant. Je vais le signaler d'un petit trait dans l'index des symboles, page 189 du carnet, comme je le fais pour tous les symboles que je croise pour la première fois. Le coffret comporte sept serrures. Pitié... Il n'y a que deux clés ici... Chaque serrure est marquée du symbole d'une planète, dans cet ordre :

☉ ♂ ♄ ♃ ☿ ♀ ☾

Les deux clavicules maintenant. Oui, parce que clavicule, cela signifie « petite clé ». Je l'ai su de l'interne qui m'a reçu aux urgences la fois où je m'étais cassé la clavicule droite en faisant le mur de la vieille baraque. La fois où Abigail m'aurait laissé crever plutôt que de me venir en aide.
Mais je n'ai pas la place ici pour cette histoire et ce carnet n'est pas non plus prévu pour être mon journal intime.
Donc, les clavicules. Elles sont elles-mêmes marquées d'un symbole, et Adam et Ève en ont chacun une à la main. Adam porte une clé marquée du signe 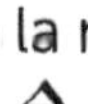. Pour Ève, c'est 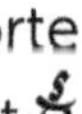. Je fronce les sourcils. Des symboles au-dessus des serrures,

des symboles sur les clés… On cherche visiblement à me faire faire des combinaisons de symboles. Il est probable que ces combinaisons produisent des effets, en l'occurrence ici l'ouverture du coffre. Enfin, j'espère.
Je dois donc prendre les deux clés, et les combiner en même temps à deux serrures différentes pour essayer d'ouvrir le coffre. Si, par exemple, je mets la clé d'Adam dans la serrure sous le ♃ et celle d'Ève sous le ♄, cela donne :

Je n'ai pas tant de façons que ça de placer les clés, donc ça me semble plutôt simple. Au boulot…
Avant ça, toutefois, je prends les clés comme trouvailles et je note leur description dans cette rubrique.
Ensuite, je vais inaugurer une nouvelle section dans le carnet, que j'appellerai « Combinaisons » (page 192).
Je noterai les effets éventuels de mes combinaisons clés-serrures dans cette rubrique : la forme d'un symbole d'une salle suivi d'un I, II ou III. J'irai

donc dans la salle correspondant au symbole, puis directement au numéro de paragraphe indiqué, où je trouverai le résultat de ma combinaison. C'est exactement le même système de coordonnées qu'avec le △III qui m'a emmené au III de la salle du Foyer.

D'autre part, j'ai remarqué que certains objets sont également pourvus de symboles, en particulier mes trouvailles : lorsque je voudrai faire des combinaisons entre deux objets, ou un objet et une suite de symboles, j'associerai le symbole de l'objet à la suite de symboles, et je noterai les effets dans la rubrique « Combinaisons ».

D'ailleurs, celle-là ne fonctionne pas... Il ne me reste qu'à tenter d'autres combinaisons clés-serrures.

I – Rien à signaler.

II – Voici où me mène la formule censée me permettre de trouver l'orbe de fer. Le feu secret a dissous le fer. Je sens une légère nausée... L'eau pour filtrer et recomposer... La boule en céramique qui était dans le coffre !

Je m'en empare et me précipite vers le bassin pour y plonger la boule. Aussitôt, une réaction se produit : la céramique disparaît et prend une coloration grisâtre. Je n'en reviens pas, ça a marché ! Au final, la pomme de fer a exactement la même taille que celle que j'ai trouvée dans la salle de la Sphère armillaire. En fait, elle est identique. Il s'agit d'une seconde Mars pour le laboratoire.

Il ne me reste plus qu'à y placer cette boule pour en augmenter la puissance, à supposer que cela soit bien utile, vu l'état actuel. Pour le moment je la mets dans mes trouvailles. Tiens c'est bizarre, le nombre 26 a été gravé sur la boule. Qu'est-ce que cela veut dire ?

III – J'ai trouvé vite, en fait. J'ai su que j'avais résolu ce problème – simple – rien qu'à la nausée qui s'est une nouvelle fois emparée de moi. La bonne combinaison c'est ♄-☉ et ☿☾. Bref, une clé dans la serrure la plus à gauche et une autre dans la serrure la plus à droite.

J'allais oublier : le contenu du coffret ! Il est doublé de velours bleu et contient simplement... une pomme. Il fallait s'y attendre pour un coffret frappé du signe de l'arbre de la connaissance. C'est en fait une boule en céramique. Sur un côté, on peut voir ☋ et, de l'autre côté, les quatre signes suivants :

☉ ☾

♈ ♊

Aucune idée de ce que ce truc peut bien vouloir dire. En attendant de le découvrir, je vais le recopier dans une nouvelle rubrique que j'intitulerai « Ensembles de symboles » (page 190 du carnet), sans oublier de bien noter tous les symboles inscrits sur la boule en céramique. J'y ajouterai au fur et à mesure les suites de symboles que je rencontrerai. J'espère que j'arriverai à les décoder à un moment ou à un autre...

7 – LA MOSAÏQUE AUX FIGURES ALCHYMIQUES

Cette pièce de forme cylindrique, assez haute de plafond, est éclairée par une petite ouverture située tout en haut. La lumière filtre au travers d'une petite grille et tombe droit sur une étrange mosaïque. Elle forme un carré contenu dans un cercle, et qui contient lui-même un second carré. Le cercle est figuré par un serpent qui se mord la queue. Sur les pointes du carré que ceint le cercle ont été inscrits, en carreaux de mosaïque foncés, des symboles pyramidaux : 🜁, △, 🜃, ▽. Sur les pointes du second carré, qui rejoignent chacune l'exact milieu des côtés du premier, je distingue d'autres symboles plus étranges encore : ♉, Ʊ, ♏, Π. L'ensemble est complété par la lune et le soleil.

Enfin, au centre, je vois un symbole qui ressemble très fortement à la clé dorée que je porte. Aucune idée de sa signification pour le moment.
Bon. Je vais réserver une page de mon carnet aux symboles de cette mosaïque (page 237) : je pourrai venir la renseigner lorsque j'aurai complété mon index des symboles. En la complétant, j'obtiendrai sûrement des informations précieuses sur les secrets alchimiques…
Sur le vitrail du plafond, des signes ont été inscrits :

Je reconnais au moins le soleil et la lune, ainsi que le symbole central qui se trouve également sur la mosaïque au sol. Je vais reporter cette ligne de symboles dans la rubrique « Ensembles de symboles », page 190 du carnet, en attendant de découvrir à quoi ils servent.

Hum. Plus j'y repense, plus il est douteux que je sois arrivé ici par hasard. À la réflexion, je ne suis plus aussi sûr de ne pas connaître le type qui m'a proposé d'aller vérifier par moi-même s'il ne se passait rien de louche près de la Tour, la nuit.

Sans vouloir être complètement parano, qui me dit que ce n'était pas juste un stratagème pour que je me retrouve seul et qu'on me mette la main dessus ?

Seul quelqu'un qui me connaîtrait assez bien, en particulier pour mon aversion envers tout ce qui touche au surnaturel, à l'ésotérisme, bref, tout ce qui me ramène aux histoires tournant autour de ma famille, aurait pu imaginer un tel piège.

Et si c'est pour me retrouver ensuite dans le temple du symbolisme hermétique, avec la famille que j'ai, ça ne peut pas être une coïncidence.

I – Rien à signaler.

II – Rien à signaler.

III – Rien à signaler.

⊙♀ 8 – LA DÉESSE

Ça n'a pas été très difficile d'identifier cette salle. Elle contient une petite statue de Vénus ou d'Aphrodite, probablement en *cuivre*. Sinon, la statue est sympa à regarder, mais qu'est-ce qu'elle fait là ?

Va savoir pourquoi, elle me fait penser à Abigail. Sans doute à cause de ses cheveux aux reflets cuivrés.

C'est dommage de l'avoir perdue de vue. Elle avait toujours une idée derrière la tête, toujours un coup d'avance et, parmi tous ceux de ma génération, c'était avec elle que j'imaginais avoir le plus d'atomes crochus.

Je ne me rappelle plus vraiment à quel moment nous avons cessé de la voir. C'était quelque part durant mes dernières années d'adolescence. Je me souviens cependant que, dans ces années-là, la tension était palpable entre mes oncles, mes tantes et mes parents, et que des désaccords

dont nous ignorions tout divisaient la famille. Pour ma part, j'étais déjà trop en colère contre mon père pour pouvoir m'intéresser à la fois à ces problèmes et à la disparition d'Abigail. Je l'ai laissée partir, en somme. Peut-être que si elle avait été là, j'aurais été plus à même de comprendre ce qui se passait et de dominer ma rage. Elle avait cette façon bizarre de me parler qui réussissait toujours à m'apaiser et à me faire penser à autre chose. Elle savait aussi comment me faire tourner en bourrique quand elle le voulait ! Du reste, elle devait avoir en retour l'impression que je la comprenais, elle qui était si différente du reste de la famille, si étrangère à cette culture du secret qui nous empoisonnait l'existence. Enfin, sauf sur la fin.
Je ne l'ai jamais retrouvée par la suite. À de rares occasions, j'ai entendu parler d'elle lorsque j'ai retrouvé, au hasard de mes fuites, l'un de mes cousins ou cousines. Elle s'était manifestée en Italie, plus particulièrement à Venise. Je n'en ai pas su davantage.
Elle avait parfaitement conscience d'être plus futée que les autres et souvent elle nous a joué

de mauvais tours. J'ai eu la chance d'être la plupart du temps dans ses petits papiers, ce qui m'a permis d'éviter de figurer au nombre de ses victimes. Je me souviens parfaitement de ce jour où, rendue furieuse par mon jeune frère qui avait mis le nez dans ses affaires, elle s'était vengée avec beaucoup de cruauté.
C'était lors de l'une de nos parties de cache-cache. Mon frère, qui à l'époque devait avoir un peu moins de dix ans, nourrissait une véritable terreur pour les épouvantails. Abigail s'était emparée de celui qui défend d'ordinaire le potager de la vieille baraque contre les assauts des corbeaux, et l'avait enfermé dans le réduit de la vieille grange, en équilibre précaire et en prenant soin de laisser la porte légèrement entrouverte. Puis, sachant que mon frère passait à proximité, elle l'avait hélé, avant de se cacher à l'étage de la grange, d'où elle pourrait contempler la scène en toute tranquillité. Mon frère se précipita innocemment dans le piège. Il était déjà impressionné en entrant dans la grange, car il n'aimait pas ce lieu et avait toujours craint de s'y aventurer seul. Néanmoins, la perspective de trouver Abigail

lui donna du courage et il se mit à l'y chercher, jusqu'à tomber sur la porte entrouverte.
La suite est un peu confuse car mon frère n'a jamais réussi à nous expliquer complètement ce qui se passa à ce moment-là. Nous l'entendîmes tous pousser des hurlements paniqués. Nous nous précipitâmes alors vers la grange pour l'y trouver, se débattant frénétiquement sous l'épouvantail qui lui était tombé dessus, pendant qu'Abigail, sortie de sa cachette, riait devant la scène.
Bien plus tard, quand mon frère eut retrouvé son calme, il tenta de m'expliquer qu'il avait entendu Abigail glousser derrière la porte avant qu'il ne l'ouvre, ce qui était impossible car Abigail ne s'y trouvait pas, et que l'épouvantail s'était littéralement *jeté sur lui et avait même tenté de le mordre*. C'est dingue la manière dont nos émotions peuvent déformer la réalité.
En tout cas, mon frère n'a jamais tenté de fouiller à nouveau dans les affaires d'Abigail, ni même de remettre un pied dans la grange, d'ailleurs. Quant à ma cousine, elle savait qu'elle avait été trop loin

cette fois. Ma tante la cloîtra dans sa chambre pendant plusieurs jours.
J'étais à la fois fâché du mauvais traitement infligé à mon frère qui n'en méritait pas tant, et peiné de ne pouvoir la voir pendant un moment.
Bon, j'arrête là car je suis censé trouver comment sortir d'ici, pas écrire mes mémoires.

I – Rien à signaler.

II – La tête me tourne soudainement, la nausée me reprend. Cela se peut-il... ☉🝞☽. Le Soleil dissout la nuit... ou la Lune ! Or je me rappelle qu'il y a dans la salle de la Sphère armillaire une sphère dorée représentant le Soleil, et une sphère lunaire qui avait émis une sorte de vapeur lorsque le soleil s'était allumé.

Et si je recommençais ? Et si je *combinais* les deux ?

III – Cette formule n'a aucun effet.

☉♂♀ 9 – LA FRESQUE DE MARS ET VÉNUS

Cette pièce est assez haute, de forme carrée et d'une dizaine de pas de côté. Le plafond est en ogive et les murs sont percés par ces énervants soupiraux qui laissent passer la lumière, mais restent inaccessibles. Deux passages se font face, menant soit à la pièce aux moisissures, soit à la fontaine. Une troisième sortie permet de rejoindre la salle de la statue de Vénus.

Sur le dernier mur se déploie une fresque. Le genre de truc qu'on trouve en général dans les églises baroques ou les musées barbants. Sur la gauche, un homme vêtu d'une toge rouge, d'un casque antique et d'une paire de sandales tente de maîtriser un bélier. Sur la droite, une femme, ma foi assez peu vêtue (vive la parité !) chevauche, car il n'y a pas d'autre mot, un taureau noir et fulminant.

Je me demande si cette scène a un caractère vaguement érotique ou si c'est moi qui commence à péter un boulon. Bref, le type est à mon avis Mars.

Mars parce que bélier, donc *bellus* en latin donc belliqueux donc la guerre. Ouais... Mieux vaut ne pas faire confiance à mon latin. Si je reconnais Mars, c'est surtout à cause du signe planétaire sur son casque. Du coup, la femme, c'est Vénus, qui porte un pendentif avec son signe. Derrière eux, un paysage enneigé fait de collines et d'arbres sans feuilles, dans les tons pâles de l'hiver. Entre eux, un disque évidé de la taille d'une assiette qui porte un symbole que j'ai déjà croisé.

Bon, à défaut de comprendre la signification de cette fresque, je vais la signaler dans la rubrique « Ensembles de symboles » du carnet en attendant de comprendre à quoi elle sert.

Je me détourne de la fresque, et à ce moment-là, je remarque des petits morceaux de céramique sur le sol :

Super, un puzzle. Au moins, je reconnais quelques figures : un symbole planétaire ou métallique, et un signe du zodiaque. Je vois aussi quelques motifs, beaucoup plus petits : Π, △, ♃, ainsi que I et II en chiffres romains. Pour le moment, je n'ai aucun moyen de reformer ce médaillon avec tous les symboles dans l'ordre. Je le place dans le carnet, page 238, et j'irai le compléter lorsque je le pourrai.

I – Rien à signaler.

II – Rien à signaler.

III – Rien à signaler.

⊙▽ 10 – LE BASSIN

Cette pièce-là est parfaitement circulaire. J'estime qu'elle mesure une dizaine de mètres de rayon. Elle est occupée par un bassin si large qu'il ne laisse qu'un petit espace de circulation pour accéder aux passages menant aux autres salles. Il est peu profond et rempli d'une eau claire qui m'arrive aux genoux. Une vague lueur émane du sol du bassin, éclairant murs et plafond de reflets bleutés fantastiques. On se croirait dans une sorte de temple féerique. Ou à la piscine pendant une nocturne, en fait.

Une colonne occupe le centre du bassin. Je décide de faire trempette pour l'examiner.

Bon, OK. Avant d'aller l'examiner, j'ai d'abord bu un peu. Ce n'est pas très prudent, je ne sais pas si cette eau est saine, mais force est de constater que... c'est de l'eau. Point. Au moins ai-je à boire, ce qui m'évitera de mourir de soif dans les trois jours, si je m'éternise ici.

La colonne, donc. Elle arrive à peu près à hauteur de poitrine. Il s'agit d'un pilier de pierre, portant une vasque vide. Le pilier lui-même est percé d'orifices d'où s'écoulent doucement de petits filets d'eau, à un rythme continu. J'imagine que l'eau doit également s'évacuer quelque part, sinon ce serait l'inondation. Une plaque a été posée sur la colonne, juste en dessous de la vasque. Un message énigmatique y est écrit :

Dans cette vasque reposeront sel, mercure et soufre, tels qu'ils seront apparus par la dissolution des métaux. Tu la porteras avec mille précautions de l'humide vers le chaud puis du sec vers le froid, par la route la plus directe. Sur ton chemin, tu compteras le nombre d'apparitions du feu secret ainsi qu'un signe élémentaire. Alors la formule te donnera le lieu où finit ta course.

La vasque elle-même est en métal. Enfin, je crois. Elle n'est pas froide au toucher, ni chaude ni rien. Je peux choisir de la mettre dans mes trouvailles, ou de la laisser ici et la reprendre plus tard.

En revenant sur mes pas, je remarque un petit objet dans l'eau. C'est un carreau de céramique de moins de cinq centimètres de côté. Un symbole qui ressemble à celui de la clé dorée est gravé dessus.

Je le prends comme trouvaille sous le nom « le Carreau de la salle de l'Eau ».

I – Rien à signaler.

II – Rien à signaler.

III – Mercure, plomb, étain. Les trois symboles superposés prennent la forme de la clé d'or. Les traits liés à ces métaux composent aussi le symbole de l'eau. Et comme chacun des métaux contient le sel, la solution est donc ∇III. Le mélange des trois métaux et de la poudre marquée du signe de l'eau se dissout instantanément en une soupe grisâtre et écumeuse. Comment est-ce seulement possible ? Quel genre d'acide ai-je créé ? Cela ne produit aucune odeur particulière, sinon peut-être celle de la pierre à fusil. Voici donc le mélange pur de sel, soufre et mercure. Je sens que je vacille encore. Mon Pouvoir vient de s'amplifier. Je tiens entre mes mains les composants primordiaux de la matière ! Il ne peut y avoir de doute, je viens de franchir un grand pas pour me sortir d'ici. Je me rappelle de la salle du Bassin et de sa vasque. Il faut que j'y retourne immédiatement ! Je prends la coupe pleine de la salle des métaux comme trouvaille.

☉☿ 11 – HERMÈS

C'est la plus petite des salles qu'il m'ait été donné de visiter jusqu'à présent. En réalité, il s'agit plutôt d'un renfoncement dans le couloir qui sort de la salle du Bassin. Une petite grille d'où filtre une lumière pâle tombe sur une alcôve pratiquée à environ un mètre du sol. Dans cette alcôve, une petite statue antique.

Je reconnais Hermès, le dieu grec, aussi appelé Mercure par les latins. Il porte une petite aile sur chacune de ses sandales et surtout le fameux caducée, devenu depuis le symbole de la médecine, je crois :

Sur la tête, Hermès porte une triple couronne. La dernière fois que j'ai vu une statue comme celle-là, c'était dans l'appartement de mon oncle à l'étage de la vieille baraque. Je l'avais découverte quelques mois après le départ de mon oncle, qui à cette époque n'avait pas donné de nouvelles depuis plusieurs mois. J'avais donc pris l'habitude de me réfugier dans ses appartements quand je voulais avoir la paix, un peu avant de me sentir assez autonome pour filer à l'anglaise. Personne n'aurait eu l'idée de venir m'y chercher, à part bien sûr Abigail qui réfléchit toujours plus vite que tout le monde ; hélas, à l'époque, Abigail avait déjà disparu.

Pour en revenir à la statuette, ma tante Éleusis et mon père s'étaient plus ou moins pris le bec pour savoir lequel des deux pouvait la récupérer. Je ne sais trop quelle valeur elle pouvait avoir. À l'occasion de mes retraites discrètes, j'avais eu le temps de bien l'examiner. Celle-là est une réplique quasi parfaite. À moins que ce ne soit l'inverse.

Bref... il est désormais vain de douter que ce lieu ait un lien direct avec mon oncle, ou en tout cas avec la connaissance de l'alchimie que ma famille lui attribuait. Encore qu'il n'ait jamais pris la peine de prouver quoi que ce soit. S'il avait vraiment eu connaissance du secret de la transmutation des métaux, la famille aurait trouvé sans trop de difficulté une maison plus confortable que la baraque venteuse du Morvan. Comme le reste, tout me semblait être une vaste supercherie. Depuis que je suis ici, je me rends compte que tout ça est encore plus dingue que ce que j'avais pu imaginer. Et mes convictions en prennent un coup. Pour en revenir au bâton de Mercure, il a une forme qui rappelle un peu celle de la clé d'or. Mais il manque les deux demi-cercles au bout de la clé. Et ici, il y a des serpents. Sur cette statuette, ils ont même l'air carrément féroces. Cela dit, la clé mise à part, ce bâton ressemble furieusement à quelque chose...

I – Je reste fixé sur les yeux d'Hermès le trois fois couronné... j'ai l'impression qu'il voit en moi ! Je sens qu'il cherche quelque chose et tout à coup j'ai un violent haut le cœur. Mon Pouvoir ! C'est comme s'il se contractait et se tordait dans mon crâne. Je ploie sous la douleur quelques instants. J'articule comme je peux :

« Je suis l'Adepte et sur mon chemin énigmatique, j'apporte l'esprit lunaire dans le cœur de la terre ! »

Si j'ai bu l'élixir de vie qui décuple mon Pouvoir, je peux désormais pousser la porte du Lion et aller dans la salle qui se trouve au-delà. Sinon, je resterai coincé ici tant que n'aurai pas découvert l'élixir.

II – Rien à signaler.

III – Rien à signaler.

ΘΠ 12 – LE LION VERT

Un froid glacial règne dans cette pièce, sans aucune raison apparente. Mon souffle s'élève en volutes blanches. La lumière filtre à travers une sorte de verrière au plafond. Les carreaux sont cependant pris par le givre et il m'est impossible de distinguer ce qu'il pourrait y avoir au-delà.

Bref : la chambre froide. Sympa.

En plein milieu de la pièce, un puits s'enfonce dans le noir. Il semble qu'il y ait des barreaux pour faciliter la descente. Comme la lumière le permet, je descends jusqu'en bas. Là, il y a un

palier et un couloir sombre. Je ne peux malheureusement pas aller plus loin sans une source de lumière.
Sur le mur du fond est tendue une tapisserie représentant un lion qui dévore un soleil. Je ne sais pas si c'est à cause de la luminosité particulière de cette pièce, mais le lion a une couleur étrange, verdâtre.

J'écarte la tapisserie et je ne suis pas déçu : derrière, sur l'une des pierres, quelqu'un a gravé ceci :

Visita Interiora Terrae Rectificando Invenies
Occultum Lapidem – Vera Medicina.

Un signe est peint en dessous :

Pour en revenir à la formule, je n'aurais peut-être pas dû sécher les cours de latin... Cela n'a rien à voir avec le fait que mon père avait lourdement insisté pour que je les suive, bien entendu.
Ces considérations mises à part, je commence vraiment à avoir faim. Jusqu'à présent, je n'ai rien trouvé pour me nourrir. Tout juste de l'eau. Combien de temps peut-on tenir sans manger, au juste ? J'espère ne pas avoir à le vérifier dans un avenir proche.

I – Mauvaise combinaison.

II – Rien à signaler.

III – Le nombre de la part est trois. De là, tous les métaux ont un nombre : du plus lourd au plus léger, le plomb 82, l'or 79, l'étain 50, l'argent 47, le cuivre 29 et le fer 26. Les trois premiers, les trois plus lourds sont le plomb, l'or et l'étain, Saturne, Soleil, Jupiter pour composer la matière première. Un froid intense s'empare de moi, de même qu'une nausée incroyablement forte. J'appuie en même temps sur les trois métaux les plus lourds du sceau. Hé hé : je compose le code en quelque sorte. Pour me mener à la matière première ? J'entends un déclic, la double porte s'entrouvre.

Vite ! La chose est peut-être sur ma piste : je me précipite à l'intérieur de la pièce centrale.

☽ 12 BIS – LA SALLE ACCESSIBLE DEPUIS LE LION VERT

Je pense qu'à cet endroit, je suis à peu près en dessous de la statue d'Aphrodite. La pièce est assez large, encombrée de vieux meubles de bureau, de chaises et de quelques étagères. Tout est vieux, poussiéreux, délabré. Je trouve à foison de quoi écrire mais aucun document valable, sauf un petit carnet que je finis par dégager d'un tiroir coincé.

C'est beaucoup d'efforts pour pas grand-chose. Le carnet est relié à l'ancienne. On dirait en fait l'un des livres de la bibliothèque. Il est néanmoins très abîmé et je ne parviens à déchiffrer ni le nom de l'auteur ni la référence de classement. En revanche, un marque-page a été laissé à l'intérieur et il renvoie à une page plutôt lisible :

Longtemps, j'ai cherché la tombe du vieux mage Basileus sans trouver le bon chemin. Je pensais pourtant suivre les indications du vieux moine, lorsqu'en arrivant à

l'embranchement, je suivais le chemin « qui n'était pas sinistre » (iter non sinistrum) et modifiais donc (rectificando) ma course en revenant sur mes pas.
Quel idiot ! Le moine m'invitait simplement à rectifier ma course en allant à droite, c'est-à-dire en prenant le chemin « qui n'est pas à gauche » (iter non sinistrum).
C'est ainsi que, « rectificando » (quelqu'un a ajouté ⬅ en marge) *enfin correctement, je sortais du chemin et trouvais enfin la tombe que j'étais venu chercher.*

Les aventures fantastiques d'un jeune homme victime des jeux de mots en latin d'un vieux moine tordu. J'ai passé tout ce temps à chercher pour ça !
Quoique... En relisant ce texte, un mot retient mon attention. *Rectificando*, encore... Mais cette fois, la signification est différente. Ça vaudrait peut-être le coup d'essayer une nouvelle formule alchimique, non ?

I – Rien à signaler.

II – Rien à signaler.

III – Rien à signaler.

⊙ 13 – LA PIÈCE HUMIDE

Ici, tout est de pierre et joliment décoré. Les colonnes qui soutiennent le plafond voûté en croisée d'ogives sont couvertes de feuilles et d'autres motifs végétaux. Le chapiteau des colonnes est également décoré de feuilles et de fleurs.

J'aime bien.

De plus, les murs sont tapissés de mousse. Des herbes folles parviennent même à se faire un chemin entre les dalles du sol et une sorte de lierre a commencé à prendre d'assaut l'une des colonnes. À moins qu'il ne s'agisse de vigne vierge. Au plafond, une superbe rose a été taillée dans la pierre de faîte de la croisée d'ogive. Elle s'épanouit au centre d'un petit disque. Je distingue deux petites excroissances. Cela donne quelque chose comme cela : ♉.

En posant ma main sur le tapis de mousse qui couvre les murs, je m'aperçois qu'il est gorgé d'eau.

En fait, cette pièce est l'exact opposé de la salle des Clavicules. Autant celle-ci était sèche, aride et brute, morte, autant celle-ci est *humide* et comme vivante.

La lumière ici parvient d'ouvertures grillagées creusées dans les voûtes, et comme d'habitude inaccessibles. Elle est douce mais suffisamment forte pour que la végétation puisse prospérer. Même si cela ne sert à rien, j'éprouve tout de même un sentiment de tranquillité en me tenant dans ce lieu. C'est jusqu'à présent le seul endroit de cette prison ésotérique qui ne soit pas purement minéral. Un vrai *printemps* ! Et une sorte de baume au cœur.

Je cherche un moment quelque chose de comestible – on ne sait jamais. Mais il n'y a là que des herbes folles. En revanche, je tombe sur un carreau de céramique.

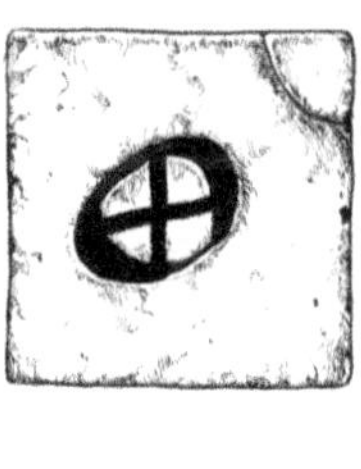

Je le prends comme trouvaille sous le nom « Carreau de la salle Humide ».

I – Rien à signaler.

II – Rien à signaler.

III – Rien à signaler.

⊙📖 14 – LA BIBLIOTHÈQUE

C'est probablement la pièce la plus complexe dans laquelle j'ai pu pénétrer jusqu'à présent. Il s'agit d'une grande salle carrée, dont les trois angles sont percés par un portique qui permet d'accéder à la salle de la Mosaïque et à deux autres pièces que je n'ai pas encore explorées.

Dans le quatrième angle, à la place d'un portique, je vois un grand panneau de bois portant d'étranges symboles. Je reviendrai sur eux un peu plus tard. À tout hasard, je cogne sur le panneau mais il me renvoie un son plein, signe qu'il ne dissimule aucun couloir secret, ou alors derrière une sacrée épaisseur de bois !

Toutefois, ce qui a évidemment retenu mon attention, ce sont les rayonnages de bouquins qui montent sur les quatre murs du sol jusqu'à la voûte ! Ces livres ont l'air si vieux ! J'en saisis un au hasard à ma hauteur aussi délicatement que possible, ce qui fait tomber un peu de poussière,

au point que j'ai peur un instant que ce soit le livre qui se désagrège sous mes doigts. Mais non, la couverture semble de cuir, la reliure solide. Je n'arrive pas à identifier la nature du papier. Quand même pas du parchemin ?
Malheureusement, le contenu est incompréhensible. L'écriture est gothique et je ne parviens même pas à identifier la langue. Pas du latin en tout cas. De l'allemand peut-être ? Je remets le livre à sa place. J'en consulte rapidement d'autres. Même topo.
Ces livres ont toutefois un point commun : ils ne portent pas de titre sur la couverture ni sur la tranche. Sur celle-ci en revanche apparaît un numéro en chiffres romains.
Une chose est sûre : il doit y avoir plusieurs milliers de livres ici. De quoi m'occuper longtemps, à condition que je trouve quelque chose que je sois en mesure de lire…
Je recule un peu pour voir au sommet des rayonnages. Il y a sur chaque mur au niveau de la voûte un petit panneau de décoration, et chaque panneau porte un signe différent :

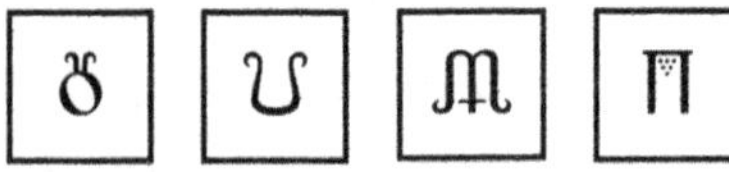

Oui, ce sont ceux qui apparaissent sur la mosaïque, dont j'ai reproduit le schéma page 237 de mon carnet.
C'est seulement à ce moment que je remarque deux livres qui semblent être tombés. Je suis certain que ce n'est pas moi qui les ai déplacés. Ils sont tous deux couverts d'une fine couche de poussière et donc par terre depuis un moment. Par chance – vraiment ? – l'un d'eux est écrit dans un langage que je comprends.
Sur la première page, le titre : *Les Saisons Élémentaires dans la Maison Fermée des Philosophes*. Ça commence bien... Pas de mention de l'auteur, mais quelqu'un a ajouté à la main « pseudo-Geber ». OK. Tant mieux pour lui. Sur le revers de la couverture, quelqu'un a écrit, en pattes de mouche : « *En automne, la Vierge est sous l'influence du Soleil et la Lune entre dans la maison du Bélier* ». Que vient faire ce commentaire astrologique ici ? Sur la tranche de la reliure, un petit chiffre, en caractères romains :

LXXVII. Soixante-dix-sept car je crois bien que L, c'est cinquante.
Pas le truc le plus pratique du monde, mais c'est toujours mieux que de l'hexadécimal.
Le reste est une sorte de charabia imbitable. Découragé, je m'apprête à délaisser ce livre lorsque je remarque qu'il contient un ruban. Un marque-page ! Avec fébrilité, je rouvre le livre à la page marquée et je tombe sur le passage suivant :

Ainsi vont les états intermédiaires entre les éléments. J'appelle « Humide » l'état influencé par l'eau et l'air et je lui donne le symbole du printemps ♉, car comme le printemps il se fertilise et se vivifie sous l'empire de ces deux éléments. J'appelle « Chaud » l'état qui lui succède, car il est influencé par l'air et le feu, et lui donne le symbole de l'été ♌. Puis, je nomme « Sec » ce qui tient du feu et de la terre, et je lui octroie le symbole de l'automne ♏, car comme l'automne il porte les fruits de la terre nourrie du feu solaire. Enfin, comme il relève de l'hiver ♑, je désigne comme « Froid » ce qui, venu de la terre, est mortifié par l'eau avant de pouvoir renaître au printemps.

Je saisis l'autre bouquin, plein d'espoir. Il contient aussi un commentaire astrologique, presque le même que le précédent : « *En été, la Vierge est sous l'influence du Soleil et Mercure entre en Gémeaux* », accompagné du chiffre XIII, puis d'un titre : *Le Livre des Formules Chymiques*.

Oui, « *Chymiques* »...Comme les figures alchymiques de la salle de la Mosaïque. Bonjour l'orthographe ! Ici aussi, une page a été marquée. Malheureusement, bien que ce soit sûrement important, ce n'est qu'une succession de symboles et quelques commentaires sans aucun indice pour comprendre. On dirait des formules, suivies de leur effet. Je place cette page dans le carnet sous le titre « Formules Chymiques » (page 196) en attendant d'en savoir plus.

Et maintenant, le panneau de bois !

Il s'agit d'un simple pan de bois, d'environ deux mètres de haut et d'un mètre de large. Il comporte un grand tableau couvert de symboles et de chiffres et deux plateaux qui se trouvent en dessous. Je vais commencer par décrire ceux-là.

Le premier présente une série de symboles et des chiffres romains, comme ceci :

⊕	☽	☿	♀	☉	♂	♃	♄
•	I	II	III	V	X	L	C

J'ai déjà vu ces symboles dans la salle de la Sphère armillaire : ils représentent diverses planètes (entre autres). Il y a des chiffres sur la deuxième rangée, en dessous de chaque planète. Je remarque qu'ils sont dans l'ordre : un point pour le zéro, puis un, deux, trois, cinq, dix, cinquante et cent.
Ensuite, un second plateau constitué d'un autre ensemble de symboles.

♈	♉	♊	♋	♌	♍	♎	♏	♐	♑	♒	♓

Je ne les connais pas tous mais j'ai l'impression que certains sont des signes astrologiques. En dessous, douze cases vides, de la taille des chiffres romains du tableau précédent. J'imagine qu'elles sont aussi destinées à accueillir des chiffres, comme pour le premier plateau, sauf qu'ici, elles sont vides. C'est peut-être à moi de les compléter. Peut-être afin d'y lire des combinaisons de chiffres/symboles...

J'ai vraiment l'impression d'être tombé chez un bibliothécaire fou avec un système de classement bien particulier.
Bon, passons au grand tableau ! Je le recopie dans le carnet, ainsi que les deux plateaux, sous le titre « Panneaux de la bibliothèque » (page 199). Sur l'en-tête, les symboles des saisons, dans l'ordre printemps – été – automne – hiver. Ils se trouvent en tête de quatre colonnes qui comportent vingt lignes de chiffres romains, apparemment dans le désordre le plus complet. Cela me fait donc quatre-vingt nombres différents. Ces rangées sont numérotées de 1 à 20, également en chiffres romains, de haut en bas.
Je ne comprends pas. Il y a bien plus de livres ici que ça.
Je regarde les livres, les trois panneaux, et pendant un bon moment, je me tords les méninges pour comprendre comment sont classés les livres. En vain. Je cède alors à un mouvement de découragement et m'allonge sur le sol pour souffler un peu. Ma tête me fait mal et je commence à perdre espoir. Comment vais-je faire pour m'y retrouver ? Que suis-je seulement

censé comprendre ou chercher ici ? En quelques instants, je sens un frisson sinistre remonter le long de mon échine et mon moral flancher.
Mais non. Non. Vraiment pas.
Je ne vais pas me laisser faire comme cela ! Je retournerai chaque pierre s'il le faut mais je trouverai comment sortir d'ici. J'ai dû manquer un indice important, un truc gros comme le nez au milieu de la figure qui m'aura échappé sur le moment. Il est temps d'ouvrir les yeux, nom de nom !
C'est à ce moment-là que, pour la première fois, j'observe le plafond et découvre le vitrail qui illumine cette salle.

Il porte cinq symboles. Le plus grand, qui a la forme du printemps, contient les quatre autres, répartis sur deux colonnes. J'ai l'impression de les avoir vus sur les deux plateaux de la bibliothèque.

Je vais vérifier et mon intuition se confirme : oui, ils sont bien sur les panneaux. Et à en juger par leur répartition, il ne fait aucun doute que je dois les associer. Leur disposition sur le vitrail peut sûrement me donner une piste...
OK, je pense que j'ai trouvé. À présent, grâce aux coordonnées données par ce vitrail, j'obtiens un nombre à l'aide des plateaux : ce nombre me permet sûrement d'aller dans une case précise du grand tableau. J'en profiterai pour tester les livres notés du LXXVII et XIII sur lesquels je suis tombé en entrant ici : grâce aux formules que j'ai trouvées dans leurs pages, j'ai le moyen de vérifier leurs coordonnées.
Allez, en route vers la rubrique « Panneaux de la bibliothèque », page 199, pour tester ces coordonnées. Si vraiment je rame, je pourrai toujours consulter le feuillet d'indices (page 242) en dernier recours.
Bon, je reviens de la rubrique « Panneaux de la bibliothèque » où j'ai normalement trouvé ma première référence de livre. Et tout à coup, je me souviens des suites de symboles bizarres que j'ai répertoriées en annexe, dans la rubrique

« Ensembles de symboles ». Maintenant, je vais pouvoir les utiliser ! Et s'il me manque des significations de symboles et de planètes, je n'ai qu'à poursuivre mon exploration pour les trouver et revenir aux panneaux de la bibliothèque à la fin du premier tour des salles.

À partir de maintenant, quand je trouverai des passages de livres intéressants, je les noterai en fin de carnet (à partir de la page 201), avec le code qui m'a permis de les découvrir. Ainsi, je saurai comment les retrouver si besoin et je ne consulterai pas par accident un livre dont le code est erroné ou m'est inconnu.

I – Rien à signaler.

II – La clé d'Adam ne fonctionne pas mais celle d'Ève, oui. J'entends un petit clic. Donc il ne me reste plus qu'à chercher quelle clé d'Adam fonctionne, sachant que celle d'Ève ouvre la serrure de la lune. Je vais tester d'autres combinaisons.

III – Rien à signaler.

⊙ 15 – LA VOÛTE CÉLESTE

Cette salle voûtée est accessible uniquement depuis la bibliothèque. Une lumière surnaturelle filtre depuis le plafond et je suis un peu intimidé en entrant dans cette pièce, tant le spectacle est étonnant. Une étrange sérénité semble toutefois y régner. La voûte est constellée d'étoiles et de figures mythologiques. Chaque étoile luit d'une faible lueur. On se croirait presque sous un véritable ciel étoilé.

Après être resté quelques minutes ici, mes yeux se sont habitués à cette *obscure clarté qui tombe des étoiles*. J'arrive à bien distinguer les constellations. Quelques-unes attirent particulièrement mon attention, car elles forment un anneau qui fait tout le tour du ciel.

Je peux y distinguer un lion, une femme, une balance de marchand, un scorpion, un centaure avec un arc, une bestiole bizarre avec une tête de chèvre et une queue de poisson, une jarre, deux poissons, un bélier, un taureau, deux enfants accolés et enfin un crabe. Bon. Pas de doute possible, ce sont les constellations du zodiaque.

Sous certaines de ces constellations, des signes ont été inscrits au fusain sur le sol. J'ai eu du mal à les remarquer tout de suite à cause de la faible luminosité, car ils sont presque effacés.

Sous la Balance, je peux ainsi voir Ω, et ♓ sous les Poissons. Les signes sous le Scorpion et la Vierge ressemblent tous les deux à un M et me semblent très proches. Tous les autres sont trop effacés pour que je puisse les distinguer.

Le mieux serait que je les recopie dans la rubrique « Index des symboles » avec leur signification.

Les autres signes ne doivent pas être si difficiles que cela à trouver : sur le plafond, ils m'ont l'air dans l'ordre.

Je peux aussi finir mon tour d'exploration, dans l'espoir de trouver la signification de certains signes astrologiques dans d'autres salles.

I – Rien à signaler.

II – Rien à signaler.

III – Rien à signaler.

☉☾ 16 – LA LUNE

Cette pièce est accessible depuis la bibliothèque et une autre salle. Il s'agit d'un espace circulaire, éclairé seulement par une pâle lumière provenant encore d'une ouverture grillagée dans le plafond. Une clarté lunaire, en fait. Une image de l'astre sur le sol confirme mon intuition. Ici, la Lune a un visage, un peu comme dans le vieux film de Méliès, et elle semble en *argent*.

Ce qui m'intéresse aussi, c'est le banc de pierre placé juste sous la grille, qui ne me paraît pas si haute. Je vais essayer d'y grimper.

... Eh bien j'aurais mieux fait de m'abstenir ! Je suis monté sur le banc de pierre, puis ai tenté de sauter pour attraper la grille. Au bout de trois essais, j'ai réussi à saisir les barreaux, mais là, je me suis retrouvé suspendu comme un abruti. J'ai vaguement tenté de faire bouger ce machin mais c'était peine perdue ! Alors, énervé, j'y suis allé d'un dernier mouvement rageur avant de m'étaler par terre.

Je suis moulu et je viens d'ajouter quelques bleus à ma collection. J'ai heurté le banc en retombant. Non mais quel génie, quoi ! Si jamais je m'étais cassé quelque chose, comment aurais-je fait ensuite ? J'ai failli causer ma perte en tentant d'user de la force, alors que c'est ma tête qu'il faut faire fonctionner correctement. Je dois me rendre à l'évidence : celui qui a construit ce lieu n'a prévu aucune issue, sinon celle qui consiste à résoudre ces foutues énigmes. Et là je tourne en rond, con comme la Lune.

Pendant un moment, j'ai bien cru que j'allais me laisser submerger par le désespoir. Je ne peux pas accepter qu'après avoir mis le plus de distance possible entre ma famille et moi, je sois à nouveau confronté à toutes ces superstitions (ma tête recommence à me faire souffrir quand je me laisse aller à qualifier tout cela de superstitions ou de charlatanerie).

J'ai beau chercher dans ma mémoire, je ne me rappelle pas avoir jamais entendu parler de ce lieu. À vrai dire, je ne suis même pas certain que nos parents nous avaient destinés, moi, Abigail, Gauthier, Théose et les autres, à suivre le même chemin qu'eux.

Mais je me rappelle des disputes entre mes oncles et tantes dans la cuisine de la baraque

du Morvan, par les soirs venteux d'automne, à la lumière tremblotante de l'ampoule nue. Elles avaient petit à petit écarté des réunions familiales les « pièces rapportées », ne laissant participer aux discussions que le cercle restreint des frères et sœurs de sang : mon père, son frère Simon et ma tante Éleusis, mère d'Abigail et de Théose.
Ma mère, à l'époque, avait déjà disparu de la circulation en prenant Gauthier avec elle. Puis un jour, mon père était revenu, tenant par la main un petit Gauthier de cinq ans à peine. Il n'avait pas jugé bon d'expliquer ce qu'il était arrivé à notre mère. Éleusis, la sœur de mon père, était également restée muette à ce sujet.
Donc, si je reviens à mon histoire, il avait bien été question à plusieurs moments de nous faire quitter les bancs de l'école. Déjà à l'occasion, ma tante nous distillait quelques bribes d'informations sur telle ou telle plante ou le moyen de conjurer tel ou tel sort. Ses explications avaient toujours quelque chose de tordu qui défiait le sens commun. Les plantes en particulier, pour lesquelles elle avait une vraie passion, se retrouvaient affublées de propriétés étranges et

dérangeantes, ou d'effets inattendus. Je me souviens en particulier d'une fleur sauvage qui avait selon elle le pouvoir, une fois correctement préparée, de mettre en évidence *la part de noirceur* de celui qui y était exposé.
Aujourd'hui j'en rirais. Mais à l'époque, tout cela me mettait profondément mal à l'aise, d'autant plus qu'Abigail semblait parfois prendre toutes ces histoires au sérieux. Quand j'y repense, je me demande même comment j'ai pu tenir aussi longtemps dans cette maison de fous.
C'est comme si j'y étais à nouveau, dans ma famille cinglée.

I – Rien à signaler.

II – Non, cette combinaison ne fonctionne pas, ni pour la clé d'Adam, ni pour la clé d'Ève.

III – J'ai peut-être mal lu le feuillet de la salle sous le Lion Vert. Ça vaut le coup d'y retourner.

⊙▽ 17 – LA TERRE

Cette salle sent l'humus. C'est presque tout ce qu'il y aurait à en dire… Le sol est de terre battue, mais cette fois-ci c'est vraiment de la terre meuble, presque une sorte de terreau mêlé de compost. Rien n'y pousse cependant.

Elle ne peut être atteinte qu'en passant par la salle de la Lune où je viens de me prendre un bon coup de spleen.

Histoire de me remettre les idées en place, je fais un peu d'exercice. Il y a peut-être quelque chose de caché dans toute cette terre. Je m'emploie donc à y fouiller comme je peux de mes mains. Et là, deux découvertes !

La première, c'est un nouveau carreau de céramique, trouvé presque par hasard car, la taille de cette salle aidant, j'aurais pu y passer des heures.

Hop ! Une trouvaille supplémentaire sous le nom de « Carreau de la salle de la Terre ». Il s'agit par ailleurs du quatrième carreau de céramique que je trouve. Mû par une idée subite, je les dispose en

carré (page 198). On dirait... Mais oui ! Le puzzle reconstitué dévoile un message !
Deuxième découverte, encore plus excitante : une trappe ! Bêtement dissimulée sous la terre meuble. Elle est en bois, facile à ouvrir, et donne sur un petit puits sombre, suffisamment large pour que je puisse m'y glisser. Je me laisse couler à l'intérieur. Je distingue trois barreaux en métal qui faciliteront ma descente et me permettront aussi de remonter.
Deux mètres plus bas, je suis dans une petite entrée de grotte, qui continue de se creuser devant moi, en une pente légère. Hélas, le coin est trop sombre pour que je m'aventure plus avant, mais je pourrai revenir dans la salle de la Terre dès que j'aurai la source de lumière appropriée.
Lorsque je remonte, je me rends compte que l'effort m'a vraiment creusé l'estomac. Il va falloir que je trouve quelque chose de comestible dans un avenir proche, car sinon, je vais perdre toutes mes forces.

I – C'est pas ça... ça ne donne rien du tout.

II – La solution est donc celle-ci : placer tout d'abord la pomme argentée, polie comme un miroir et marquée du 7 sur l'anneau le plus proche de la Terre, celui qui porte le chiffre 1, car elle représente la Lune. Puis la pomme en verre qui contient du mercure, la pomme en cuivre et ainsi de suite, tout simplement dans l'ordre des nombres indiqués sur chaque pomme métallique. Ensuite, terminer par la pomme grise représentant Saturne sur l'anneau le plus extérieur, qui porte le chiffre 7. Enfin, multiplier le chiffre de chaque planète par celui de l'anneau qui la contient : sept fois un, six fois deux… et ainsi de suite. Le total fait 84 et la moitié 42. C'est ça, « le nombre-clé de l'Univers ? » Pourquoi pas de la vie en général et du reste, pendant qu'on y est ?
Bon, soit. Dans le cadran, je règle la combinaison sur ce chiffre, ce qui donne donc ∇II.
Je note la suite dans le III de la salle de la Sphère armillaire sinon je vais m'y perdre. Zou, on y va.
III – Fausse piste…

☽∇ 17 BIS – LES PROFONDEURS DE LA TERRE

Je descends dans la caverne à la lueur de la Pierre de Lune. Sans cela, l'endroit serait parfaitement sombre. Le conduit débouche sur une cavité vaguement sphérique, d'environ trois mètres sur trois. Les parois sont maçonnées mais le plafond a l'air tout à fait naturel. Je remarque que les pierres des murs sont couvertes d'une sorte de suie.

Rien à signaler cependant. Je me demande ce que je suis venu faire ici. Et apparemment, j'ai fait le tour des salles obscures. Cela dit, il ne me semble pas avoir élucidé l'énigme des symboles qui se trouve dans la salle suivante, l'Autel de Mars. Je vais retourner lire attentivement la description de cette salle. Peut-être que je possède maintenant assez d'objets pour tenter des combinaisons... En ce cas, je sais quoi faire et où vérifier le résultat de mes tentatives !

I – Rien de particulier ici.

II – D'après *Le Livre des Formules Chymiques*, je suis à l'endroit où il faut se trouver pour « visiter l'intérieur de la Terre ». Comme l'indique le texte que j'ai trouvé sous la salle d'Aphrodite, je dois aller sur la droite. Si j'en crois la symbolique de la formule, je descends dans les profondeurs de la Terre.

Et comme on est en terrain alchimique, j'imagine qu'il s'agit ici d'une manière détournée de parler du secret de la matière, de la vraie nature des choses, qui doit être rectifiée, *corrigée*. Sait-on jamais, je vais vers la droite, comme me le suggère le texte. Je suis donc en quête de la *vraie médecine*. Je me retrouve en face d'un mur de moellons, couverts de suie... Et si je nettoyais un peu ?
Bingo ! En cherchant, je tombe sur une pierre qui ne semble pas particulièrement bien scellée. En creusant dans les interstices, je parviens à la dégager davantage. Et oui, il y a bien une cavité derrière la pierre, qui contient une petite fiole bouchée à la cire. Une potion, d'un rouge translucide. J'ai soudain l'impression d'être Alice tenant la fiole avec l'étiquette « Bois-moi ». C'est sûrement la « vraie médecine » que cherchait le type mort de faim ou d'épuisement. Je pense que je n'ai pas le choix, je tente...
Pas mauvais. Pas bon non plus. En fait, cela donne...
La vache ! Je reprends mes notes après être resté inconscient je ne sais combien de temps. J'ai bien cru que ce truc allait me tuer ! Je me suis senti partir d'un coup et je crois que j'ai à peine eu le temps d'amortir ma chute.

Mais je me sens mieux, beaucoup mieux en fait. Je n'ai plus faim, plus soif. Ma fatigue a disparu. Même les contusions que je dois à mes différentes chutes se sont volatilisées.
En fait, je me sens plus fort ! Je veux dire, pas plus fort physiquement, mais je sens le Pouvoir vibrer en moi. Une pulsation régulière, comme un écho d'un battement de cœur, en plus doux.
Je comprends : on a voulu me faire boire une drogue, quelque chose qui me permettrait de tenir plus longtemps dans ce dédale sans avoir besoin de me nourrir. Ça me rappelle la fois où mon oncle avait vainement tenté de m'expliquer ce qu'était un *élixir de longue vie*. Je ne savais pas la chose possible. Dans le même temps, mon Pouvoir est plus grand, ce qui me permettra certainement de franchir certains obstacles qui, sinon, m'auraient donné plus de fil à retordre.
En me relevant, je m'aperçois que je tiens toujours en main la pierre que j'avais descellée. Une inscription que je ne n'avais pas examinée jusqu'à présent se trouve sur son autre face :

☾ ♊ ♏ ♈ ☾

Cela va peut-être me permettre de trouver quelques éléments d'explication.
III – Rien à signaler.

⊙♂ 18 – L'AUTEL DE MARS

Que voilà une salle intéressante ! J'ai pu l'identifier grâce à l'autel en plein milieu, et au nom renseigné dans le carnet. Pour le reste, je ne vois pas de signe distinctif de Mars, le dieu de la Guerre. C'est Arès chez les Grecs, je crois. Deuxième constat : la salle est plutôt spacieuse et, comble du luxe, elle est éclairée par autre chose que des ouvertures inaccessibles. Aux quatre coins de la pièce, des braséros projettent une lumière faible mais suffisante pour qu'on puisse l'explorer sans danger. Les braséros sont d'ailleurs fermement scellés au sol. La braise elle-même tient dans une sorte de cage fermée et brûlante au toucher. Ça me dissuade d'emporter ailleurs cette source de lumière.

J'imagine que je ne suis plus à une bizarrerie près, maintenant.

Au centre, un autel, probablement de Mars si j'en crois le nom donné à cette pièce dans le carnet. Enfin, derrière l'autel, une porte en bronze sculptée.

Une porte fermée.

Mais sans serrure.

Avec sans doute quelque chose de très intéressant au-delà. Mon cœur palpite à l'idée qu'il s'agit peut-être de la sortie. J'essaie donc de trouver une serrure quelconque mais malheureusement, il n'y a rien. La porte est très ouvragée et représente un lion rugissant, de face. Rien de spécial dans sa gueule, ni dans ses yeux.

J'essaie de pousser de toutes mes forces puis, prenant prise sur la gueule saillante de la bête, je tire. Rien n'y fait, la porte ne bouge pas d'un millimètre.

Bon, je reviens vers l'autel que je n'ai pas encore examiné, et là, ça devient encore plus intéressant. L'autel est fait de marbre et mesure plus de deux mètres de long. Deux objets ont été déposés dessus : un énorme bouclier de *fer*, tellement lourd que je peux à peine le déplacer. Posée dessous, une lance. Oui, une lance, en parfait état. Elle est un peu lourde et, à vrai dire, plutôt encombrante. Bouclier et lance, posés l'un sur l'autre… Il est peut-être là, le symbole de Mars. Bref : je vais les noter comme trouvailles mais sans les emporter. Si je m'aperçois qu'ils me sont utiles pour des combinaisons, eh bien… je sais où les trouver.

Des bas-reliefs guerriers ornent les quatre faces de l'autel. J'y vois des archers, des soldats à pied ou à cheval, des lanciers. À la lumière des braséros, je remarque que les hommes armés de glaives et de boucliers ronds sont commandés par une sorte de général, reconnaissable à son casque à panache.

Mais son bouclier est manquant. À la place, il y a un creux parfaitement circulaire. Il a la taille d'une grosse pièce de monnaie. Au centre, trois symboles :

Je ne vois pas de lien avec le système de classement de la bibliothèque, mais je le note dans la rubrique des « Ensembles de symboles » en attendant de le décoder.

I – Rien à signaler.

II – Il y a quelque chose qui cloche. Je me promène avec la coupe en comptant les apparitions du feu secret comme me le dit la formule et rien ne se passe... Soit je n'ai rien compris, soit j'ai loupé des symboles. Et du coup, je me plante...

III – Rien à signaler.

☽♂♌ 18 BIS – PAR-DELÀ LA PORTE DU LION

Cette salle m'est interdite tant que je n'ai pas bu l'élixir de longue vie, et bien sûr tant que je n'ai pas trouvé le moyen de franchir la porte de bronze. Une fois ces conditions remplies...

J'ai d'abord l'impression de pénétrer dans le saint des saints. J'ai franchi la porte ! Mais plutôt que le sanctuaire solennel auquel je m'attendais, je

suis dans ce qui ressemble à une sorte de cuisine médiévale. La seule lumière est celle de la Pierre de Lune, dont l'éclat semble ici grandir. Elle projette des ombres fantastiques sur le plafond voûté. En face de l'entrée, une sorte de colonne portant une petite vasque.
Je suis attiré par un filigrane argenté sur la vasque :

ſ ⊕

Ce sont manifestement des symboles. Le second ressemble à celui de la Terre, ou matière première. Je ne suis pas certain du premier. Une sorte de *f* ou de *s*. On dirait une formule chymique incomplète…
Pour le reste, la pièce est encore trop sombre malgré la Pierre de Lune. Je distingue assez nettement trois éléments. En face, une sorte de cheminée antique, assez large pour que je puisse me tenir couché à l'intérieur. Elle contient une grosse marmite en fonte, vide. Rien pour faire du feu, en revanche.
Sur mon côté gauche, il y a un buffet portant un ensemble de bocaux et de récipients divers. J'ai l'impression qu'ils sont étiquetés mais il m'est impossible de parvenir à lire quoi que ce soit. Je

vais perdre un temps fou à les sortir d'ici pour les examiner ailleurs. Il doit exister plutôt une manière de mieux éclairer cette pièce.
Sur ma droite, il y a un second buffet portant quatre fioles qui semblent contenir des poudres, ainsi qu'une grande coupe placée au milieu, apparemment vide. J'aurais tendance à me méfier de tout ça.

I – Rien à signaler.

II – À peine ai-je placé la Pierre de Lune dans la vasque qu'elle dégage soudain une lumière beaucoup plus puissante. La pièce est désormais suffisamment éclairée pour que je puisse m'y retrouver. Je suis immédiatement frappé par les gravures sur la cheminée qui étaient jusqu'à présent invisibles :

Je ne rêve pas : le principal symbole est bien celui de la clé que je porte depuis le début. Les autres me sont désormais connus...
De la même façon, je vois maintenant nettement les symboles planétaires qui sont peints sur la voûte. Je m'approche du buffet qui est à ma droite. Il y a une coupe vide et quatre flacons de poudre, chacun marqué d'un symbole des quatre éléments. Je peux emporter la coupe. Je la range donc dans les trouvailles.
Je m'approche ensuite du buffet sur ma gauche. Il y a d'autres fioles, mais les étiquettes sont toujours à peine lisibles. Néanmoins, je parviens à identifier sept fioles ou bocaux contenant respectivement l'un des sept métaux, sous forme de poudre grossière, sauf pour le mercure qui est liquide.
C'est à peine perceptible, mais les symboles métalliques sont accompagnés d'un petit signe supplémentaire inscrit en dessous, soit en biais soit à l'horizontale. Si je les recopie tous, cela donne ça :

♄	♃	♂	☉	♀	☿	☾
\	/	/	\	—	—	—

Un texte est inscrit en dessous. On dirait une recette un peu bizarre :

Avec soin, désigne tes métaux et forme la monade,
Compte la quantité de sel accumulé.
Assemble ensuite les traits sous les métaux choisis
Et obtiens par leur association un symbole élémentaire.
Ajoute à son côté le nombre de sel
Et tu sauras où poursuivre ton initiation.

Bon. Je crois que je vais devoir me livrer à quelques expériences. Apparemment, ce texte est une recette alchimique, à faire à l'aide du schéma des sept symboles métalliques et des traits qui sont en dessous. Peut-être un livre m'aidera-t-il à savoir quoi faire.

III – Rien à signaler.

☉♃ 19 – ZEUS FULGURANT

Une immense statue du dieu grec trône au milieu de la pièce. La lumière tombe drue depuis le plafond par une sorte de bouclier de verre. Un verre translucide plus que transparent, d'ailleurs, qui ne me permet pas de voir ce qu'il y a au-delà. Je ne comprends même pas pourquoi je tente encore de discerner quelque chose en dehors de ce labyrinthe. Apparemment la chose a été pensée pour rester parfaitement hermétique.

À force de me promener dans ce lieu, j'en viens toutefois à douter de sa réalité. Comment un tel endroit peut-il exister en plein cœur de la ville ? Et s'il existe, comment a-t-il pu passer inaperçu ? Je me demande si l'on n'a pas profité de ma perte de conscience lors de ma chute pour m'emmener dans un endroit plus discret. Autre solution, je suis en train de fantasmer tout cela. Malheureusement, j'ai déjà essayé de me pincer un certain nombre de fois et je dois me rendre à l'évidence : tout ceci est réel.

En même temps, je déteste les histoires où le personnage se réveille à la fin et réalise que tout ce qu'il a vécu d'extraordinaire n'était qu'un rêve. On a envie de baffer l'auteur quand on lit ça.
À moins qu'on m'ait jeté un sortilège et que je sois prisonnier d'une réalité différente... Oulah. Je sens que ma rationalité s'érode de plus en plus à mesure que je traîne dans ces couloirs.
Si déjà je pouvais tenir le type qui a créé cet endroit, je lui ferais passer un sale quart d'heure. Pour commencer.
Revenons à ce sur quoi je peux éventuellement avoir une prise plutôt que de divaguer : la statue fait bien deux mètres de haut, sans compter le piédestal. Zeus, ou Jupiter, reconnaissable à la foudre – plus exactement à ses foudres, car il y en a deux – qu'il tient dans sa main droite, pose en majesté. Les foudres sont faites dans un métal qui me rappelle l'*étain*. Le piédestal ne porte comme inscription qu'un symbole ressemblant au chiffre quatre au milieu d'un cercle en creux, à peu près de la taille d'une assiette.

Tiens, le même symbole qu'en marge du titre de la salle. Rien d'autre ici, sinon les deux passages qui mènent l'un vers la salle aux Courants d'air et le second vers l'Autel de Mars.

I – Ça ne marche pas.

II – J'ai vraiment eu de la chance de ne pas me faire cramer sur place. Est-ce que j'en crois mes yeux ? L'une des foudres de Zeus a bel et bien disparu de la main du dieu grec ! Comment est-ce seulement possible ? Et c'est super dangereux ! Si, en plus, je dois me méfier des pièges, je suis loin d'être tiré d'affaire.

À l'endroit où la foudre a frappé, une dalle de pierre s'est brisée. Je distingue dans les décombres un petit coffret de métal. Il semble avoir peu souffert de l'impact. Assez lourd, il est de cette couleur gris terne qui me rappelle les chandeliers en étain que mon père avait un jour ramenés d'Allemagne, héritage de je ne sais quel ancêtre éloigné.

Je l'ouvre rapidement. À l'intérieur, un petit parchemin enroulé. Il porte une mention manuscrite écrite en charabia, mais je commence à être habitué, maintenant : « *Lorsque tu auras obtenu la vraie médecine, tiens-toi devant la porte de bronze et prononce ces paroles : "Je suis l'Adepte et sur mon chemin énigmatique, j'apporte le Cœur de Lune dans le cœur de la Terre".* » J'ai d'abord cru que c'était signé mais en fait c'est un code symbolique : ♉♏☽♍☽. Le coffre contient également un petit disque argenté que j'emporte comme trouvaille et qui ressemble effectivement à la pleine lune.

III – Voilà une énigme supplémentaire résolue. Le plus dur, c'est de distinguer le sens des morceaux triangulaires, car rien ne ressemble plus à un symbole de l'air qu'un symbole de la terre à l'envers. Pareil pour l'eau et le feu. Avec le texte trouvé dans la bibliothèque, j'ai tous les symboles en main. Il ne reste plus qu'à trouver la combinaison qui fait sens et qui est conforme au texte. Du coup, la seule formule devient limpide.

Je m'attendais cependant à entendre un clic, un raclement ou quelque chose qui m'indiquerait que j'ai déclenché un mécanisme.

Rien. Je dois dire que je suis un peu déçu... Peut-être que le médaillon est destiné à être placé ailleurs. D'ailleurs, n'avais-je pas vu dans une salle un cercle vide avec le même symbole planétaire que sur ce médaillon ? Je pense que je devrais essayer de les combiner une fois que j'aurai fini ce paragraphe, histoire de voir ce que ça donne.

En tout cas, j'espère que tout cela n'était pas juste pour me faire comprendre la portée de ces symboles ! Précipitation, sublimation, dissolution. Peut-être pas : je distingue à

gauche du médaillon deux autres signes plus petits : le feu et probablement le signe des Gémeaux. Cela doit bien servir à quelque chose. C'est en tout cas une trouvaille de choix. Je l'inscris à la suite des autres objets et le symbolise de la façon suivante : ΔΠ, ce qui me servira si je veux le combiner avec un autre symbole.
Ce médaillon me permet par ailleurs de connaître le symbole de la dissolution. Soudain, je me souviens de la première énigme que j'ai croisée au début de mon parcours, en quittant la salle Calor – la salle de l'Été en fait. Cette énigme disait très exactement : « Le Soleil dissout la nuit ». Et s'il s'agissait d'une formule ?

⊙△ 20 – LA SALLE AUX COURANTS D'AIR

Je suis un peu décontenancé par cette salle qui n'est accessible que depuis la statue de Jupiter. Tout a l'air parfaitement hermétique, en dehors de l'entrée. Et pourtant, il y a un courant d'air. Et même plusieurs. Forts, avec cela. C'est absolument incompréhensible.

I – Rien à signaler.

II – Une énigme en moins, et pas des moindres ! Je traverse les salles en suivant les directives de l'énigme : je commence par la salle Humide, symbolisée par ♉ sur le plan, et je me rends par la route la plus directe à la salle Calor, marquée par ♌. Le trajet me fait passer par la fresque d'Adam et Ève où je croise mon premier feu secret. Je me rends ensuite à la salle des Clavicules, indiquée par ♏, pour rejoindre la salle du Lion Vert ♍. L'itinéraire me fait passer par trois autres salles qui abritent un feu secret : la salle des Clavicules, puis de nouveau la fresque d'Adam et Ève, et enfin la salle du Lion Vert. Et comme, avant d'arriver dans celle-ci, je passe par la salle du Bassin notée ∇, j'obtiens le symbole élémentaire mentionné par l'énigme. Sur le chemin, la partie liquide de la substance s'évapore, ou plutôt semble s'amalgamer avec le dépôt qui s'est formé dans la vasque. Le volume se réduit. Lorsque mon périple se termine à la salle du Lion Vert, le liquide s'est entièrement mélangé avec le dépôt granuleux sous la forme d'une huile.

Mon Pouvoir se déploie... mon esprit s'apaise... J'ai accompli le rituel, séparé le subtil de l'épais, descendu jusqu'à la quintessence de la matière et recomposé un onguent parfait.

J'y trempe mes doigts... le toucher est très doux. Je remarque alors que le symbole qui était dessiné au fond de la vasque n'est plus le même. C'est à présent le signe d'Hermès qui apparaît : ☿. Cela ne m'étonne plus désormais. Ici, matière et symboles ne font qu'un. La substance a changé de nature

et se pare donc de nouveaux atours, passant d'une matière première à une matière hermétique.
Quelques instants encore et mes oreilles cessent de me renvoyer le son du sang qui bat à mes tempes. Tout redevient calme. Je viens de faire une trouvaille, et des plus précieuses, que j'indique dans le carnet avec le symbole ☿. Nul doute que cet onguent me sera très prochainement utile. Peut-être me servira-t-il dans la salle où ma course vient justement d'aboutir...
III – Ça marche ! C'est la bonne combinaison. Je vais noter la suite dans le III de la salle des Clavicules.

☉ 21 – LE SOLEIL ROI

Cette petite salle n'a qu'une seule issue menant à l'Autel de Mars. Ici, la lumière est forte et provient d'une représentation du Soleil dans un style que je décrirais comme médiéval.

La lumière tombe à flots sur ce qui ressemble à une trappe circulaire. Mon cœur fait un bond en voyant l'inscription qu'elle porte :
« Ici s'achève l'initiation de l'Adepte » suivie de deux symboles :

Il y a aussi un trou de serrure... J'ai peut-être enfin trouvé la serrure qui devait accueillir la clé dorée que je porte depuis que je suis arrivé ici. Évidemment, ce serait trop beau si c'était aussi simple. La serrure est bloquée ! Une sorte de mixture a été coulée à l'intérieur, de sorte qu'il est impossible d'enfoncer la clé assez profondément. Il faut que je trouve quelque chose pour déverrouiller cette fichue trappe ! Est-ce que cela a un rapport avec l'énigme que j'ai pu lire dans la salle du Bassin ?

I – Nope.

II – Rien à signaler.

III – J'y suis enfin ! La serrure étant dégagée, j'y introduis avec précaution la clé dorée de la monade. M'armant de toutes mes forces, je soulève ensuite la trappe.
Qui donne sur un escalier s'enfonçant dans les ténèbres. Je prête l'oreille... J'entends une vague rumeur, comme

quelque chose raclant sur le sol, et – non, je ne me trompe pas – comme un souffle rauque revenant régulièrement.
Tant pis pour la sortie espérée ! Pour le moment, je n'ai toujours ni faim ni soif, et mon Pouvoir s'est considérablement renforcé pendant mon séjour dans ce qui semble n'être en définitive qu'une partie de la prison ésotérique dans laquelle je suis enfermé.
Mais qu'est-ce que j'écris ? En entrant dans ce lieu, j'étais persuadé que le mystère dans lequel se drapait ma famille n'existait que pour dissimuler une vaste supercherie. Et voilà que je me prête au jeu, que je me conduis comme si tout ceci était normal ! Cependant, je ne peux pas nier être parvenu jusqu'ici par des moyens autres que surnaturels. La tête ne me tourne plus et j'ai oublié les nausées. Mon Pouvoir s'est installé en moi, semble-t-il. Puisqu'il en est ainsi, autant accepter définitivement les codes du lieu et m'engager vers la sortie qui, je suis sûr, est bien au bout du chemin.
En route ! Je descends dans ces ténèbres muni de la Pierre de Lune, le sourire aux lèvres et la confiance à son zénith.

NOTE DE L'ÉDITEUR

Bon, et maintenant que toutes les salles ont été explorées ? Où faut-il aller, que doit-on faire ? Pas recommencer du début, quand même ?
Il est temps d'établir un premier bilan : tout d'abord, au fil de votre exploration, vous avez sûrement réuni une somme non négligeable de symboles dont vous connaissez désormais la signification. Si vous avez bien suivi les instructions, ceux-ci se trouvent renseignés dans la partie « Index des symboles » du carnet. À la lumière de leur signification, vous pouvez donc compléter les titres de leurs rubriques, puis, fort de ces connaissances, compléter tout ou partie des schémas de la rubrique « Aides », pages 237 à 241. Si ce n'est pas le cas, refaites un tour des salles en prêtant bien attention à ce qui s'y trouve.
Si vous avez complété le tableau des équivalences Symboles/Planètes/Métaux de la page 241, vous pouvez retourner dans la salle de la Sphère armillaire et résoudre l'énigme.
Vous avez également toutes les connaissances pour retourner ensuite à la fresque de Mars et de

Vénus et décrypter sa signification. Peu à peu, votre Pouvoir devrait se développer, et votre initiation d'alchimiste passer à la vitesse supérieure ! Si, malgré cela, vous êtes encore bloqué, consultez la rubrique des indices, *page 242.*

DEUXIÈME PARTIE

Avec le Souffleur

Je n'ai pas encore descendu l'escalier, mais de ce que j'en vois du haut des marches, j'ai affaire au même cirque qu'au précédent niveau, avec un éclairage bizarre et des salles quasi vides : pas de doute, je suis toujours dans la Tour. Je vais donc garder mes habitudes et décrire chaque étape de mon parcours sur ces pages. Je mettrai mes trouvailles, combinaisons et autres formules dans la deuxième partie du carnet, page 245. Si jamais j'ai besoin de consulter un livre, je pourrai toujours retourner dans la rubrique « Panneaux de la bibliothèque » de la première partie.

MAUVAISE RENCONTRE

Dans quoi ai-je mis les pieds ? Qui a conçu ce labyrinthe de fou ? Pourquoi me suis-je laissé piéger ?

J'ai failli y passer. J'ai failli y passer !

Est-ce réel ou simplement ma peur qui me dicte ces mots ? Oui. C'est réel.

Le Souffleur... C'est sans doute lui qui m'est tombé dessus, à qui je viens d'échapper. Je n'ose imaginer ce qui serait arrivé si je n'avais pas eu le réflexe de m'enfuir dès que je l'ai vu approcher.

Là, je me pose pour reprendre mon souffle. Je suis retourné dans la salle de Mars. J'ai refermé la trappe et couru vers l'autel pour m'emparer de la lance. Elle est beaucoup trop lourde pour que je puisse la manier correctement, mais c'est pour le moment le seul objet qui me paraisse utile pour me défendre. Je la précise donc dans mes trouvailles de la partie 2 du carnet, ainsi que le lourd bouclier de Mars qui est à côté d'elle : on ne sait jamais, deux protections valent mieux qu'une.

J'ai attendu ici un certain temps, les sens en éveil et le regard braqué vers le couloir menant à la salle du Soleil, mais il n'a pas remonté l'escalier

pour me suivre. La vision d'horreur qu'a été sa rencontre me hante. Je ne peux chasser de mon esprit l'image de cet être – je n'ose pas dire homme – décharné, vêtu de haillons sordides et le visage couvert d'un vieux sac de bure. Je revois sa silhouette courbée, prostrée, dolente, traînant d'un pas lent dans ces catacombes en tirant derrière lui une sorte de grand candélabre. Mais le pire était son souffle, régulier, puissant, rauque, caverneux, qui troublait le silence de la crypte. Je l'ai vu se mouvoir dans les salles vaguement éclairées par les lueurs tremblotantes d'un feu qui restait caché à ma vue, projetant des ombres atroces qui m'ont immédiatement glacé le sang. Il semblait, dans la demi-obscurité, chercher quelque chose de sa main libre.
Puis soudain, il a *senti ma présence*. Brusquement, ce qui lui servait de visage s'est tourné vers moi. Une étoffe le recouvrait mais j'ai pu deviner ses yeux, son nez, sa bouche, grâce aux infectes suppurations noires suintant sur le tissu.
L'instant d'après, il avait bondi et était sur moi. J'ai perdu le contrôle. Mes jambes se sont dérobées, sous l'effet d'un réflexe ou de la peur, je

ne sais pas, je ferai ma psychanalyse une autre fois. Toujours est-il que cela m'a sauvé car à ce moment même, le candélabre, qui décrivait un grand cercle, est venu percuter l'encadrement du passage où je me tenais.

À la hauteur où était mon visage une seconde plus tôt.

Penché sur moi, le monstre a poussé une sorte de mugissement. Puis il a redressé son arme pour tenter de m'asséner un nouveau coup. Alors, pris de panique, j'ai battu le sol de mes pieds pour gagner un peu de champ. L'adrénaline a fait le reste. Je me suis retourné et j'ai bondi vers les escaliers pour m'enfuir. J'ai senti la masse du candélabre passer tout près de mon dos et entendu un choc métallique derrière moi.

Et me revoilà ici. Plus avancé qu'en entrant dans la Tour, mais bloqué à l'entrée de la crypte.

Bon. Écrire m'a fait reprendre mes esprits. Je vais peut-être mourir, mais il est désormais temps d'affronter mes démons. Littéralement. Longtemps, j'ai fui ma famille et dissimulé mes doutes sous le bien-fondé des superstitions sur la magie noire, l'invocation des démons, l'alchimie et le pouvoir des phyltres (tiens, je me mets à parler comme ma famille... ça promet). Quoi qu'il en soit, ce n'est plus le moment de tergiverser. Il me faut désormais voir les choses en face, jouer le jeu et accepter mes origines si je veux m'échapper. De toute façon, je n'ai pas vraiment le choix. Et je sens que mon Pouvoir est désormais fort. Je dois pouvoir en faire quelque chose contre le Souffleur.

Oui, je vais mourir, comme tout le monde. Mais pas aujourd'hui.

Jusqu'à présent, c'est ma tête plus que le reste qui m'a servi. Cela va continuer ainsi. Posons-nous et réfléchissons un peu. Sur le Souffleur, pour commencer.

Le nom est mentionné en début de carnet et dans les notes que j'ai trouvées dans la salle du Foyer :

« Pour autant, il ne faut pas que tu restes indéfiniment bloqué devant une difficulté qui serait pour toi insurmontable. Car dans ce cas, tu serais condamné à mourir de faim dans ce dédale ou, comme le Souffleur, à y errer indéfiniment. »

Spontanément, c'est ce nom-là que j'ai donné au fou furieux qui a voulu me faire la peau. Je ne crois plus au hasard. La manière dont cette chose respire ne laisse pas de doute non plus. Donc c'est bien lui, contre lequel j'avais d'ailleurs été mis en garde.

S'il est parvenu dans la crypte, c'est que comme moi, il a au moins percé le mystère permettant d'ouvrir la trappe dans la salle du Soleil. C'est ensuite qu'il s'est retrouvé bloqué. Donc, comme moi, il a également bu l'élixir et n'éprouve plus la faim.

Tout laisse à penser qu'il est là depuis un moment. Et comme j'ai aussi bu l'élixir, si je ne trouve pas une issue, je vais rester coincé avec lui... jusqu'à ce que ce breuvage cesse de faire effet, mais j'ai comme l'impression que cela n'arrivera pas.

Je ne pense pas non plus qu'on va faire copain-copain.

Bref ! Cela fait un bon bout de temps maintenant que je suis remonté de la crypte. Le Souffleur y est toujours et ne remontera pas. C'est à moi de descendre.

LA CRYPTE, DEUXIÈME ESSAI

J'ai donc redescendu les marches le plus silencieusement possible et me suis caché dans un recoin pour pouvoir observer le Souffleur. Il ne cherche pas à être discret et est donc assez facile à repérer.

Quand je l'ai senti approcher, j'ai eu une seconde fois la frousse de ma vie. Mon cœur s'est mis à faire mille bons désordonnés dans ma poitrine mais, comme je n'ai pas croisé son chemin, le Souffleur m'a laissé tranquille.

Dans la clarté vacillante dont je n'ai toujours pas identifié la source, je l'ai vu passer lentement vers la pièce voisine. Pour ma part, je me suis pelotonné dans un coin d'ombre à distance respectable, dans l'antichambre où débouche l'escalier. Une intuition m'a fait rester dans ma cachette un certain temps et j'ai eu bien raison. Quelques minutes plus tard, alors que le Souffleur avait quitté la pièce située en face de celle où je me tenais caché, j'ai entendu sa respiration d'asthmatique, son pas traînant et peu après, il est apparu à nouveau.
Au bout de plusieurs passages, je suis arrivé à la conclusion qu'il suivait inlassablement le même trajet, passant par plusieurs salles à intervalles réguliers. Je le vois passer de la gauche vers la droite. C'est assez rassurant : une partie des salles de ce niveau restent donc ignorées par lui. C'en est autant que je vais pouvoir explorer.
Le temps passant, mes yeux se sont habitués à la pénombre et je me suis enhardi à tendre davantage le cou pour mieux l'observer. Il est vraiment moche le gars. Il porte un manteau similaire à celui que j'ai trouvé sur le squelette dans le niveau

supérieur, mais en haillons. Son corps est émacié et tordu, ce qui me laisse à penser qu'il est sans doute bien plus grand qu'il n'en a l'air. Je connais déjà sa force : elle est colossale. Le plus effrayant après le bruit immonde de sa respiration, c'est le masque qui lui sert de visage.

Alors que je le voyais, palpant de sa main libre les étranges appareils qui étaient sur son chemin, j'ai soudain réalisé qu'il était aveugle ! Nulle entaille dans son masque hideux, juste les coulées purulentes s'échappant de sa bouche, de son nez et de ses yeux, que j'imagine n'être plus que deux cavernes putrides. Comment a-t-il pu se retrouver dans un état pareil ? Dans quel abîme de folie s'est-il retrouvé piégé ?

Quoi qu'il en soit, de mon seul point de vue, c'est une aubaine. Si je me déplace en silence tout en évitant de croiser son chemin, je vais pouvoir poursuivre mon exploration. Et comme il est aveugle, je peux utiliser la Pierre de Lune sans crainte. Le niveau semble composé de deux ensembles de salles. Le premier est une sorte de cercle intérieur, parcouru par le Souffleur et donc inaccessible pour le moment. Toutefois,

je peux m'y aventurer pendant qu'il n'y est pas pour tenter une description succincte. Les salles de cet endroit contiennent d'étranges outils. Je ne peux en revanche rien y faire sans me mettre en danger.
Donc non !
Le second ensemble de salles encercle le premier. Celles-ci sont ignorées par le Souffleur et je peux donc les parcourir comme bon me semble. Je crois qu'un plan pourra m'aider.

LE PLAN

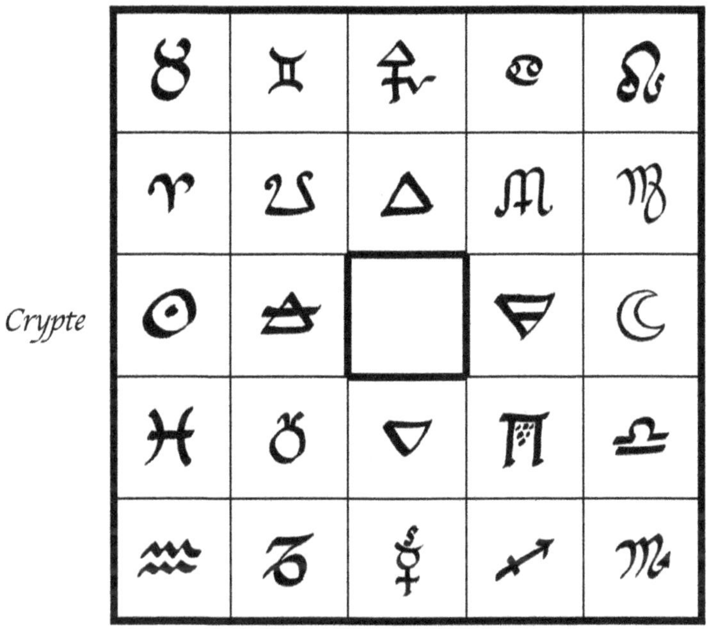

Le Souffleur circule dans le cercle intérieur, dans le sens inverse des aiguilles d'une montre. Il y a des portes, la plupart ouvertes et certaines fermées. Peut-être pourrai-je trouver un moyen de dérouter le Souffleur, voire de l'immobiliser, afin de pouvoir circuler plus librement par ici.

LE CERCLE EXTÉRIEUR

ʘ L'ANTICHAMBRE

C'est la pièce où débouche l'escalier de la crypte et c'est le seul élément remarquable. Les murs sont en pierre de taille et le sol est uniformément recouvert des tommettes rougeâtres qu'on trouve sur tout le niveau. Toutes les salles semblent être parfaitement carrées. Je décide, pour me repérer, d'utiliser les quatre points cardinaux. Cela n'a peut-être aucun sens, mais au moins je ne vais pas m'emmêler les pinceaux. Donc cette antichambre, qui doit faire six ou sept mètres de côté, selon l'orientation que je décide, se trouve être la pièce la plus à l'ouest.

Je me sens encore effectivement très à l'ouest. Ça me rappelle mon oncle qui un jour m'avait appris que le verbe « s'orienter » venait du mot orient. J'avance vers cet orient, plein de mystères, espérant y trouver la sortie...

Bon, restons sérieux. L'antichambre communique avec trois autres pièces via trois doubles-portes ouvertes, qui peuvent être fermées mais non verrouillées. En face de l'escalier, vers l'est

donc, il y a le cercle intérieur, inaccessible tant que le Souffleur y tourne. Au nord, c'est la galerie du Printemps et au sud, celle de l'Hiver.
Je vais dessiner les éléments manquants sur la carte pour m'y retrouver. Au fil de mon exploration, j'indiquerai sur le plan les doubles-portes avec deux traits parallèles sur le mur, et les portes fermées avec une croix. Je peux donc déjà tracer deux traits sur les trois pans de murs nord, est et sud de l'antichambre, afin de représenter les trois doubles-portes.
En y regardant de plus près, je remarque que la porte qui mène au cercle intérieur a été abîmée, probablement forcée.
À part cela, je ne distingue aucune marque particulière ni décoration intéressante.

♈♉♊ LA GALERIE DU PRINTEMPS

Cette galerie est composée de trois salles agencées en coin ou en virage sur la partie nord-ouest de ce niveau. Elles sont séparées entre elles par des arcades soutenues par deux pilastres. Elles font toutes les trois environ sept à huit pas de côté – et pas seulement toutes les trois : je découvre vite que toutes les autres salles de ce niveau, antichambre comprise, ont les mêmes dimensions. On peut accéder à cette galerie soit par l'antichambre, soit par le Vestibule nord, en passant dans les deux cas une double-porte. Une troisième double-porte, située dans la salle du Bélier, permet enfin de rejoindre le cercle intérieur.

D'ici, je perçois des lueurs tremblotantes provenant du cercle intérieur à travers le Vestibule nord et, plus ténues, à travers l'antichambre. Il doit y avoir une source de lumière, un feu peut-être, pour le moment dissimulé à ma vue. La lumière me permet de distinguer à peu près ce qu'elles contiennent. En l'occurrence, presque rien, sinon des débris divers et quelques gravats.

Les pierres sont agencées entre elles de telle sorte que les murs ne présentent aucune aspérité. Dans les coins, des pilastres soutiennent le plafond. Ils sont couronnés par des chapiteaux représentant des feuilles et des fleurs. Le style est très différent de ce que j'ai pu voir au niveau supérieur. Plus archaïque. En raison du style des

chapiteaux, j'identifie cet endroit comme la galerie du Printemps.
Voici les détails propres aux trois salles :

♈ Sur le plafond qui me paraît être d'un seul tenant, un bélier a été représenté en bas-relief. Également dans un style archaïque. Au milieu de la pièce, une sorte de candélabre est fixé au sol et se termine par une petite coupe de forme hémisphérique, assez grande pour contenir quelque chose de la taille d'une balle de tennis.
Ou peut-être bien une des planètes de la sphère armillaire.
Une double-porte mène à l'une des pièces du cercle intérieur. La luminosité est d'ailleurs plus forte ici. Je remarque aussi que la pièce est jonchée de débris. Un vrai dépotoir. Tout semble avoir été méticuleusement détruit. Bizarre. Cela ne cadre pas avec ce à quoi je m'attendais. Serait-ce un coup du Souffleur ?

♉ Cette fois-ci, le plafond représente un taureau, avec une sorte de disque solaire entre les cornes à la manière égyptienne. Même candélabre au milieu de la salle. Même bazar.

♊ Deux figures humaines, les Gémeaux. Celui de droite tient dans sa main une lune. Encore un candélabre, encore fixé au sol. Le taureau d'à côté avait un soleil. Hum... un peu de lecture peut-être.

Les trois signes de la galerie sont bien ceux du printemps. Au moins, la déco semble faire preuve d'une certaine logique.

VESTIBULE SEPTENTRIONAL

Au nord, quoi.

C'est une pièce de transition entre les galeries du Printemps et de l'Été, située sur ce que j'appelle le nord de ce niveau. Aucune décoration particulière. Les éléments remarquables sont les trois doubles-portes menant vers les galeries pour les deux premières, et pour la troisième vers la salle du Feu, située dans le cercle intérieur et baignée d'une lumière vive.

♋♌♍ LA GALERIE DE L'ÉTÉ

Dans ces trois salles, les fleurs du printemps ont disparu et ont été remplacées par les premiers bulbes des fruits. C'est l'été. La galerie du nord-est communique avec les Vestibules oriental et septentrional, ainsi qu'avec une pièce du cercle intérieur grâce à une double-porte dans la salle de la Vierge.

♋ J'ai été très surpris de découvrir que la salle du Cancer (un crabe est représenté sur le plafond) est très différente des autres. En fait, elle semble avoir subi les ravages du temps. D'abord, le coin nord-est de la salle est effondré. Le sol de tommettes penche dangereusement dans cette direction puis se brise, révélant les poutres massives et ici brisées qui soutiennent ce niveau. Il y a une autre salle en dessous. Je ne parviens pas à en dissiper les ténèbres, et n'ai donc aucune idée de sa profondeur. Je lance un morceau de tommette pour voir combien de temps il lui faut pour atteindre le sol. Difficile à dire, mais sûrement bien assez pour se rompre le cou. Sur les murs et les débris qui, ici aussi, jonchent le sol, il y a des traces de feu. Je me demande bien ce qui a pu se passer.

Je reviens vers le centre de la pièce. Lui aussi est abîmé, car le candélabre qu'il devait porter a été arraché. C'est sans aucun doute celui que traîne le Souffleur dans son errance éternelle.

Soudain, je vacille et, d'instinct, bondis vers le Vestibule septentrional. J'ai cru que le sol allait se dérober. Il paraît tout juste avoir supporté mon poids. Il va falloir que je fasse attention lorsque je repasserai par ici.

Hé... Cela me donne une idée. Si le sol peut s'effondrer sous mes pas, il doit donc en être de même pour le Souffleur... Si j'amenais ici quelque chose de particulièrement lourd puis l'y attirais, il se passerait sûrement des choses intéressantes ! Il faudrait que je passe mes trouvailles en revue lorsque j'aurai fini mon tour d'inspection : peut-être que j'aurai alors un objet suffisamment lourd à poser dans cette salle...

♌ Un lion est représenté sur le plafond de la salle. Mais ce n'est pas cela le plus étrange. En dehors des débris divers qu'on retrouve un peu partout et du candélabre, quelque chose a été inscrit sur le mur. Comme la délimitation d'une porte avec, au milieu, le symbole le plus étrange qu'il m'ait été donné de voir jusqu'à présent.

Un indescriptible malaise s'empare de moi. Je ne connais pas ce signe et n'ai aucune idée de ce qu'il peut signifier. Quelque chose d'écœurant émane de lui. Pas comme la nausée qui m'est désormais familière ici, mais un sentiment plus diffus et plus perturbant. Cette… chose semble étrangère à ce qui l'entoure et comme malveillante.

Bon sang ! Comme si le Souffleur ne suffisait pas. Je ne tiens pas à rester dans le coin plus longtemps.

♍ Mêmes décorations que dans le reste de la galerie et encore un candélabre. Toutefois, il y a une double-porte ouverte qui conduit au cercle intérieur sur le mur ouest. Une demoiselle a été peinte au plafond. La Vierge.

☾ VESTIBULE ORIENTAL

Le vestibule communique, toujours par des doubles-portes, avec les galeries de l'Été et de l'Automne. Il devrait de même s'ouvrir sur le cercle intérieur, mais cette fois-ci, la double-porte du mur ouest est fermée par une sorte de serrure – j'y reviendrai plus en détail après. J'entends le Souffleur passer à intervalles réguliers dans sa ronde perpétuelle.

Le plus intéressant, toutefois, c'est le sarcophage en pierre posé devant le mur oriental, et les décorations qu'il porte. Le sarcophage, assez grossier, semble être égyptien et, ayant déjà le Souffleur pas très loin, je ne souhaite pas vraiment y trouver une momie. Je teste le couvercle : il tient solidement en place et je ne parviens pas à le faire bouger d'un millimètre.

Sur le mur est, au-dessus, une porte a été peinte en trompe-l'œil. C'est agaçant d'ailleurs, car j'ai failli m'y laisser prendre la première fois. Les battants de cette porte sont frappés de deux emblèmes : un disque solaire à gauche et un croissant de lune à droite, l'un et l'autre de la taille d'une main ouverte. Je constate qu'il s'agit

de deux décorations en métal incrustées dans le mur, mais pas de la couleur attendue. Le soleil est gris sombre, presque noir, tandis que la lune est plus proche de sa couleur habituelle, mais gris terne. Je connais mes métaux maintenant et les identifie rapidement : le soleil est de plomb et la lune est en étain. Le mur sonne plein, y compris sur le trompe-l'œil. S'il y a une issue, elle est bien cachée.
Au-dessus de la porte, une inscription :

NVL NE SORT SANS LA PIERRE

Voilà au moins qui est clair. Pas besoin de beaucoup de contexte pour comprendre qu'il s'agit là de la pierre des alchimistes, la fameuse pierre philosophale. Celle qui transforme le plomb en or. Mon soleil est en plomb. Tiens, tiens.
Là, deux façons de voir les choses : soit péter une durite une bonne fois pour toutes devant ces énigmes impossibles, genre : la pierre philosophale ? En vrai ? Mais pas de problème mon bon, je vais vous la concocter en cinq minutes... Ici même, dans ce trou à rat avec un tueur

psychopathe comme compagnon de cellule… Pas de souci !

Soit me dire que quand je sortirai d'ici, j'aurai la pierre philosophale et beaucoup d'idées quant à la manière de l'utiliser. Une version plus optimiste. Je vais m'en tenir à cette pensée-là.

Maintenant, la serrure de la double-porte. Elle m'a l'air bien compliquée. On dirait une serrure à combinaison :

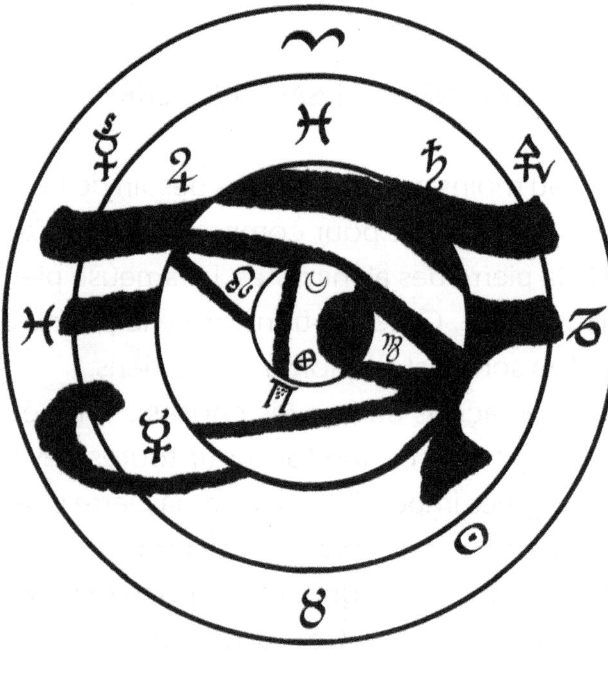

Les cercles peuvent tourner tous les quatre et les deux plus grands semblent déjà en place, ce qui va me faciliter les choses. Il reste à trouver la combinaison qui va permettre de déverrouiller la double-porte. Je reviendrai m'en occuper lorsque j'aurai fini d'explorer la totalité des salles.

♎♏♐ LA GALERIE DE L'AUTOMNE

Les chapiteaux de la galerie de l'Automne sont couverts de fruits et de feuilles, moins nombreuses. La galerie s'étend entre les Vestibules oriental et méridional.

♎ Une balance a été représentée au plafond, surplombant le sempiternel candélabre. Une double-porte située sur le mur ouest permet d'accéder au cercle intérieur. Là encore, la pièce est jonchée de débris. Morceaux de verre, étoffes, bris de bois. Comme si quelqu'un avait pris un soin méticuleux à mettre en pièces tout ce qui lui tombait sous la main. Je ne doute pas qu'il s'agisse du Souffleur qui, dans sa folie de ne pouvoir progresser, a dû dans un excès de rage détruire les indications qu'il ne pouvait comprendre, avant de s'en prendre au reste...

Cette fois cependant, en déplaçant un morceau de planche vermoulue, je tombe sur les fragments d'un journal. Le papier ressemble à celui de mon carnet, mais ce qu'il en reste est très abîmé et à peine lisible. Je reconnais certaines indications qui correspondent au chemin que j'ai moi-même parcouru pour arriver ici. Pour les rares fragments qui peuvent concerner le niveau où je me trouve, je retiens les passages suivants :

[...] Le Souffleur n'a pas résisté à mon élixir de tranquillité. Il dort du sommeil du juste en ce moment même près des escaliers. J'ai tout le temps pour me consacrer au travail de laboratoire et fabriquer la Pierre qui me servira de sauf-conduit pour la sortie. La première chose est de retrouver les boules manquantes des candélabres mais cela [...]
[...] Quelque chose ne va pas... Je sens une autre présence. Nous ne sommes pas seuls. Je dois me dépêcher de faire cette fichue Pierre. Peut-être n'aurai-je pas besoin de toutes les sphères. Oui, autant faire au plus vite. J'ai un très mauvais pressentiment pour la suite [...]

Le reste est vraiment incompréhensible. C'est comme si quelqu'un s'était acharné à détruire ce carnet. Bon apparemment, l'auteur de ces lignes et moi n'étions pas dans le même cercle... Je me demande s'il a réussi à s'en sortir. Comment l'aurait-il pu, vu que je retrouve le carnet dans cette salle ?

C'est quoi, cette « autre présence » ? Ça devient vraiment malsain ici. Il faut que je trouve le moyen de me tirer de cet endroit rapidement.

♏ Ici, c'est un scorpion au plafond. Sinon, même déco et mobilier que la salle précédente, candélabre compris. Mais ce n'est pas vraiment ça qui attire mon attention.

C'est quelque chose d'énorme, comme la mue d'un serpent. Je sais les reconnaître : nous tombions à l'occasion sur ces reliques de peaux de serpents lors de nos balades en forêt dans le Morvan. C'était toujours impressionnant de se dire qu'un serpent, surtout quand la mue était de belle taille, avait été en plein milieu du chemin quelques heures auparavant. Je me souviens que ma tante nous demandait de les lui ramener si nous en trouvions.

Sauf que là, la forme rappelle plutôt une pieuvre. Une pieuvre qui aurait au moins une vingtaine de tentacules... Et c'est grand ! Dépliée, la chose pourrait remplir toute la pièce.
Aucune créature ne peut avoir une forme pareille. Ça commence vraiment à sentir le roussi par ici. La peau porte de très nombreuses traces de coups. Elle est déchirée, voire déchiquetée par endroits. À mon avis, la plupart de ces marques ont été faites par le Souffleur, mais après la mue. À part ça, la pièce est dans un désordre incroyable, comme si un combat avait eu lieu ici. Je ne trouve rien d'intéressant pour m'aider à préparer ma fuite. Je me demande bien d'où vient ce monstre et surtout, où il se trouve en ce moment. Du reste, ai-je vraiment envie de le savoir ?

♐ Un centaure bandant son arc. C'est le Sagittaire, avec à nouveau un candélabre.

☿ VESTIBULE MÉRIDIONAL

Comme les autres ! Trois doubles-portes permettent d'accéder vers l'ouest à la galerie de l'Hiver, vers l'est à celle de l'Automne et enfin vers le nord. Cette dernière issue donne sur le cercle intérieur. Je remarque qu'une sorte de verrou à code, semblable à celui qui orne la porte fermée du Vestibule oriental, devait être présent sur la porte, mais il semble avoir été réduit en mille morceaux. Ça fait une énigme de moins à résoudre...

♑♒♓ LA GALERIE DE L'HIVER

♑ Un corps de chèvre sur une queue de poisson. Le Capricorne, non ?
Un morceau de cuir rectangulaire retient mon attention. Il s'agit manifestement d'un bout de reliure. Un livre de la bibliothèque ! Enfin, ce qu'il en reste. Quelques pages sont toujours accrochées à la reliure. Parmi celles qui ne sont pas abîmées, je remarque une gravure étonnante : un vieux sage tenant un livre ouvert devant lui. La légende mentionne : « *La purification en voie sèche pour l'orbe de fer* ». Le livre porte une formule incompréhensible. Puis, en bas de page : « *La voie sèche devient brève en accolant soufre et cuivre ; ainsi tu auras l'orbe de fer par le sec.* »

Tu m'étonnes qu'il a tout pété, le mec. Les symboles sur le livre semblent composer une formule mais, bien que je croie comprendre tous ces signes, je ne vois pas le sens d'ensemble. Elle me paraît trop complexe. Je reconnais au moins le soufre philosophique et le cuivre, sur la première ligne.

Je reviens sur la formule, perplexe. « *La voie sèche devient brève en accolant soufre et cuivre* »... C'est surtout le verbe qui m'intrigue. Comment peut-on « accoler » du soufre et du cuivre ? Mélanger, je veux bien, transmuter, à la rigueur... mais accoler ?

Mon regard est attiré par l'illustration. L'alchimiste tient un livre ouvert, avec une formule étalée sur toute sa largeur. Ça doit bien vouloir signifier quelque chose, d'autant que la formule est parfaitement répartie sur les deux pages. Voyons... Qu'est-ce qui se passerait si l'homme *repliait* son livre ?

Après tout, c'est peut-être une énigme à résoudre de façon très littérale.

Lorsque j'aurai trouvé la bonne formule, je n'aurai qu'à la vérifier dans la rubrique du même nom dans la deuxième partie du carnet de notes, page 248.

Cette pièce comporte également un candélabre.

♒ Une belle amphore déversant son contenu est peinte au plafond. C'est la salle du Verseau. Je suis tombé par hasard sur d'autres morceaux du carnet, éparpillés sur le sol. Celui qui en a fait de la charpie s'est vraiment comporté comme un fou furieux. Je dois dire aussi que je n'aime pas trop ce que j'ai réussi à lire :

[...] incroyable créature des abysses. Je ne puis vraiment la décrire. Informe, tentaculaire, agile, rapide, ténébreuse. Je n'ai dû mon salut qu'à mes réflexes et à la poudre de feu que j'avais gardée sur moi. L'explosion a fait s'effondrer une partie de la salle du Cancer. Qui a bien pu invoquer cela ici ? C'est un sephirot extraordinairement puissant. Je dois partir au plus [...]
[...] Il ne faut pas que la Tour reste ouverte. Ce qui est venu ici est trop dangereux, trop puissant ! J'ai laissé une part de la poudre de transmutation près de la Fontaine Mercurielle. Celui qui viendra après moi n'aura qu'à s'en emparer pour sortir de la Tour. Il suffit d'en briser le sceau. La Chose ne pourra pas l'atteindre. J'ai peur qu'elle ne revienne, que le laboratoire soit trop endommagé pour les suivants. Je dois prévenir Basile dès que je serai sorti d'ici. La Tour ne peut plus [...]
[...] A priori, je n'ai plus qu'à transmuter les sceaux près du sarcophage. J'espère que la Chose ne m'attend pas au détour d'un [...]

Au moins, je comprends un peu mieux ce qui a pu se passer dans la salle du Cancer. Restons calme. En plus du Souffleur, il y a donc un super monstre qui se promène peut-être encore dans le coin. Je n'ai pas encore croisé son chemin mais quelque chose me dit que si ça avait été le cas, je ne serais pas en train de tenir mon journal de bord.
La bête a mué... peut-être pour grandir, peut-être pour changer de forme, partir... se cacher ?
Génial. Je dois partir d'ici, et fissa.
Le plus important est toutefois ce que je viens de découvrir : il y a peut-être quelque chose qui m'attend dans la pièce centrale. C'est là que doit se trouver la *Fontaine Mercurielle*, à laquelle pour le moment je ne peux pas encore accéder tant que le Souffleur rôde dans les parages. Mais si je trouve un moyen, je ferai sûrement un grand pas vers la sortie.
♓ Deux poissons bondissants. Candélabre. Double-porte sur mur est. Rien à ajouter.

LE CERCLE INTÉRIEUR

C'est probablement ici que les travaux alchimiques doivent être accomplis. Je ne vais pas risquer de m'y attarder trop longtemps, mais comme le Souffleur est assez lent, je peux explorer et décrire les pièces de ce cercle, à condition de me déplacer furtivement.

△ FEU

Les salles du cercle intérieur ont les mêmes dimensions que celles du zodiaque. La salle du Feu comporte deux passages largement ouverts vers l'Automne à l'ouest, et vers l'Été à l'est. Sur un troisième mur, une double-porte mène au Vestibule septentrional.

Ici, une sorte de margelle de puits, d'à peu près une coudée de diamètre, contient un feu puissant, un peu à la manière de la salle du Foyer dans le niveau supérieur.

Mais ce n'est pas du feu. Bon sang : c'est de la lave ! Ce truc doit être à une température incroyable. De part et d'autre du foyer, deux rigoles ont été aménagées, menant soit vers l'Automne/Sec, soit vers l'Été/Feu. Toutefois, ces rigoles ont été fortement endommagées, je ne saurais dire par quoi. Il y a également des leviers à proximité du foyer, étonnamment tordus. Ils devaient commander des trappes sur les côtés du puits ardent, sans doute pour permettre à la lave de s'écouler vers les deux autres salles. Mais pourquoi donc ? J'imagine que cela est utile aux travaux du laboratoire. Néanmoins, j'ai beau forcer autant que je le peux, les leviers ne bougent pas d'un centimètre. Le mécanisme semble avoir été rompu.

Un sceau a été apposé sur un côté du puits. Il est plutôt explicite :

Le mur sud de cette salle, qui est mitoyenne de la pièce centrale, ne porte ni marque ni passage.

♏ AUTOMNE/SEC

Dans cette salle se trouvent à la fois au sol la rigole qui provient du Feu, et au plafond la tringle en fonte qui passe par la Terre. Une chaîne, enchâssée dans la tringle, court au plafond depuis l'Hiver jusqu'ici, et devait sans doute permettre de suspendre quelque chose et de le transporter de cette façon entre les trois salles. Une partie de la

chaîne pend lamentablement. Je tire un peu dessus et cela résiste. Le mécanisme semble bloqué. La rigole arrive quant à elle à un autre foyer situé au milieu de la pièce, et qui devrait pouvoir s'activer si la lave parvenait jusqu'ici. Mais je ne vois pas comment faire, étant donné que le système ne semble plus fonctionner. L'extrémité de la tringle est située juste au-dessus du foyer.
Il devait donc être possible d'amener au moyen de la chaîne un récipient jusqu'au foyer, sans doute pour procéder à une cuisson ou une combustion. Ai-je mentionné les débris qui, ici comme ailleurs, sont répandus un peu partout sur le sol ?
Une double-porte située sur le mur sud mène vers la Terre. Je remarque immédiatement deux crochets à mi-hauteur sur chaque battant de porte. Celui de gauche porte le symbole ♏ et celui de droite ∇. Bon, c'est la porte entre l'Automne et la Terre, donc rien d'étonnant. Cela dit, si je pouvais trouver une barre de fer ou quelque chose d'équivalent pour la coincer dans ces crochets, cela bloquerait la porte. Hum… une intéressante combinaison pour empêcher le Souffleur de passer par là. Comme d'habitude,

j'indique la double-porte par deux traits parallèles, et j'y indique, respectivement à gauche et à droite, les symboles ♏ et 🜃.
Enfin, une seconde double-porte ouverte mène vers la Vierge, sur le cercle extérieur.

🜃 TERRE

J'ai dû passer rapidement derrière le Souffleur plusieurs fois pendant qu'il faisait son tour pour avoir une vision claire de cette pièce. C'est pénible d'avoir à attendre qu'il soit passé vers l'Automne et de devoir se tirer fissa lorsqu'il arrive de l'Hiver. Sur mon plan, il tourne dans le sens inverse des aiguilles d'une montre. Je dirais qu'il remonte aussi le cours des saisons.
À contretemps, quoi.
La pièce se trouve à mi-parcours de la chaîne qui relie l'Automne et l'Hiver. Ici aussi, tout est dévasté. Je remarque de nombreux morceaux de terre cuite et des débris pierreux. Rien n'a été épargné.
Sur le sol, juste en dessous du milieu de la chaîne, se trouve un gros bloc de pierre d'environ un mètre de côté, parfaitement cubique. Sur sa

surface polie, je distingue un symbole à demi effacé à force de frottements :

Mon œil est également attiré par un morceau de métal qui traîne sur le sol. Un triple crochet, à l'aide duquel il était probablement possible de fixer un récipient. Ce crochet est marqué du symbole ⊕. Avec la chaîne suspendue au plafond, je crois qu'on devait pouvoir faire circuler le récipient entre les trois salles, sans doute pour mener une partie des opérations alchimiques. Mais lesquelles, mystère !
Autre point intéressant, la pièce a quatre issues. Tout d'abord, la porte du nord qui mène vers l'Automne, que j'ai déjà décrite dans la salle précédente et dont j'imagine qu'elle peut être bloquée. Ensuite, une autre double-porte au sud, qui porte deux crochets sur chaque battant, comme celle du nord. Ils sont marqués cette fois des symboles 🜃 et Π. Oui, à défaut d'être compréhensible tout de suite, c'est cohérent. Je note

ces symboles sur le plan de la même façon que pour la salle de l'Automne.
Vers l'est, la double-porte est fermée par l'Oudjat qui se trouve de l'autre côté, dans le Vestibule oriental.
Enfin, sur la dernière porte, qui semble être la seule à ouvrir sur la pièce centrale, un sceau a été représenté, décoré avec les sept symboles métalliques. Je l'indique sur le plan avec un cercle sur le mur ouest.
Malheureusement, je n'aurai le temps de m'intéresser à cette énigme que lorsque le Souffleur aura été neutralisé. Lorsque ce sera le cas, j'irai compléter la description de cette porte (dans le paragraphe « La Porte et le Sceau ») avant celle de la pièce centrale, si j'arrive à l'ouvrir.

HIVER/FROID

Ici se rejoignent la chaîne et une autre rigole qui trouve sa source dans la salle de l'Eau. Cette rigole rejoint un petit bassin et se trouve être parfaitement sèche. L'ensemble devait sans doute permettre de refroidir un récipient suspendu à la chaîne. L'extrémité de la chaîne est située pile

au-dessus du bassin. Donc, on pouvait amener ici un récipient. Pour le refroidir ?
Je vois trois issues possibles : une double-porte au nord menant à la Terre, une autre à l'est qui ouvre sur la Balance, et un simple passage vers l'ouest qui donne sur l'Eau, salle d'où provient la rigole.

▽ EAU

Un puits, de la même facture que dans la salle du Feu, trône au milieu de la pièce. Son système semble identique à l'autre, mais cette fois-ci, l'eau a remplacé la lave. Depuis le puits, deux rigoles courent vers l'Hiver et le Printemps. Des trappes commandées par des leviers devaient pouvoir être ouvertes pour alimenter l'ensemble en eau mais, comme pour la salle du Feu, le mécanisme est soit grippé, soit détruit.
Enfin, un petit bas-relief porte ce dessin :

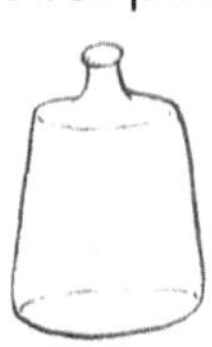

Les issues de cette salle sont les passages vers le Printemps et l'Hiver, et une double-porte qui ouvre sur le Vestibule méridional.

♉ PRINTEMPS/HUMIDE

C'est ici qu'arrive l'une des deux rigoles censées sans doute transporter de l'eau. Cette pièce est, dans son équipement, très similaire à celle de l'Hiver. J'y retrouve l'extrémité d'un système de tringle et de chaîne, qui doit permettre de ramener un récipient jusqu'ici pour le refroidir. La chaîne devrait courir entre ici et la salle de l'Été.
Deux doubles-portes mènent respectivement vers les poissons du cercle extérieur et vers la salle de l'Air au nord. Je remarque des crochets sur cette dernière. Cette fois-ci, ils sont marqués des symboles ♉ et 🜁.
Enfin, un passage s'ouvre vers la salle de l'Eau, à l'est.

🜁 AIR

C'est la salle dans laquelle j'ai pu observer le Souffleur pour la première fois. Comme je m'y attendais, la chaîne suspendue au plafond poursuit sa course et va sans doute jusqu'à la salle de l'Été. À part cela, la pièce est très semblable à celle de la Terre. J'y trouve les mêmes gravats, mais pas de nouveau crochet. En revanche, il y a un dessin sur le mur est :

Trois doubles-portes mènent vers le Printemps, l'Été ou l'antichambre du cercle extérieur. Comme je m'y attendais, les battants de la double-porte nord portent des crochets marqués d'un 🜁 et d'un Ʊ. Maintenant que j'y pense, ces crochets sont systématiquement du côté opposé au Souffleur lorsque celui-ci fait son éternel tour du cercle intérieur. Donc, si je parviens à trouver quelque chose pour barrer l'une des quatre doubles-portes à l'aide de ces crochets, le Souffleur sera forcément dérouté, car il n'aura aucun moyen de l'ouvrir, et il devra faire demi-tour avant de trouver un autre itinéraire... Assez raisonné comme cela. Je l'entends qui revient, je m'esquive.

Ʊ ÉTÉ/CHAUD

C'est la dernière salle du cercle intérieur. Elle fait la jonction entre la chaîne qui traverse les salles du cercle intérieur à l'ouest, et la rigole provenant du foyer de la salle du Feu.
À nouveau, deux doubles-portes, dont l'une mène vers l'Air et l'autre vers le Bélier. Enfin, un large passage ouvre sur la salle du Feu.

À LA FIN DU PREMIER TOUR D'EXPLORATION

J'ai fait le tour de toutes les salles et annoté le plan. Désormais, je sais où se trouvent les doubles-portes qui permettent de passer d'une salle à une autre, et surtout, j'ai repéré quatre doubles-portes que je peux bloquer afin de modifier l'itinéraire du Souffleur, qui, de ce que j'en ai vu, tourne toujours dans le sens inverse des aiguilles d'une montre – détail notable que je peux signaler avec une flèche sur mon plan.
À présent, il ne me reste plus qu'à me creuser la cervelle pour savoir comment me débarrasser de ce danger ambulant. Voyons. Déjà, j'ai plusieurs détails à régler.

Tout d'abord, je dois déterminer comment piéger le Souffleur. Je me souviens avoir vu une salle qui peut me permettre de le neutraliser une bonne fois pour toutes. Seulement, pour cela, j'ai besoin d'un objet bien particulier à mettre dans cette salle… J'ai peut-être quelque chose qui fait l'affaire dans mes trouvailles ? Une fois paré, je n'aurai qu'à poser l'objet dans la salle et observer le résultat dans une rubrique qui m'est désormais familière. La combinaison de cette opération est simple : il me faut indiquer le symbole de l'objet que je transporte et celui de la salle où je le dépose. Au travail !
Une fois que mon piège sera prêt, je vais devoir m'occuper de la serrure à combinaison qui m'attend dans le Vestibule oriental. Là, je n'ai pas trente-six solutions, je vais devoir faire tourner les pans jusqu'à trouver la bonne disposition… en espérant que le résultat me donnera une piste pour la suite des réjouissances. Bon, j'y vais, on verra bien.
La serrure à combinaison déverrouillée, je devrai m'attaquer au problème du Souffleur, autrement dit : chercher comment modifier son parcours.

Déjà, je dois trouver le moyen de bloquer les quatre doubles-portes à crochets. Il me faut un objet solide et métallique, une sorte de barre que je puisse coincer derrière les battants... Mhm. J'espère que j'ai ça en boutique, sinon, ça va devenir embêtant.
Enfin, quand je serai prêt, place aux tests ! Je vais devoir fermer des portes et voir quel effet cela a sur le Souffleur, et si j'arrive à le mener jusqu'à mon piège. Pour cela, il me suffit de combiner les symboles des doubles-portes que j'ai indiqués sur le plan avec celui de l'objet qui les bloque.
Par exemple, si je veux bloquer la porte dont les deux battants portent les symboles ∇ et ℿ, je devrai écrire la formule suivante : d'abord le symbole ∇ du battant de gauche, puis celui de l'objet dont je vais me servir pour coincer la porte, et enfin le symbole ℿ du battant de droite. Après quoi j'irai vérifier les effets de ce test dans la rubrique « Combinaisons ».
Et j'ai intérêt à bien réfléchir : si je bloque une double-porte, que le Souffleur fait demi-tour trop vite et que je me retrouve face à lui, je ne donne pas cher de ma peau.

LA PORTE ET LE SCEAU

C'est seulement une fois que le Souffleur a été dérouté que je peux m'approcher du sceau situé dans la salle de la Terre, qui interdit l'accès à la pièce centrale, et qui contient probablement l'ultime clé permettant de m'échapper d'ici.

Le sceau lui-même, de la taille d'une grosse assiette, est une sorte de médaillon gravé. Je suis particulièrement attiré par les représentations des métaux ou des planètes. Mercure figure en bonne place. La Lune et le Soleil déversent quelque chose dans une coupe soutenue par Mercure... hum.

J'ai l'impression que les deux astres sont représentés à la fois comme métaux, et comme symboles du soufre et du mercure philosophiques.
À droite du sceau, il y a un graffiti sur le mur. Enfin... j'ai d'abord pris cela pour une trace de sang (dans le meilleur des cas). C'est comme si quelqu'un avait trempé son doigt dans une substance que je préfère ne pas identifier. Genre : l'alchimie m'a tuer. Mais bon, je pense que la personne qui a écrit ça n'avait pas le temps de faire des blagues de mauvais goût. Je peux péniblement déchiffrer les symboles suivants :

Étrange. Est-ce le Souffleur qui a laissé ces traces ? C'est comme une référence de la bibliothèque, mêlant une maison du zodiaque avec une planète. Le problème, c'est qu'il n'y a que deux symboles et pas de saison.
En même temps, il n'y a que quatre saisons... je peux en essayer plusieurs – et m'aider des galeries.

À L'INTÉRIEUR DE LA PIÈCE CENTRALE

Cette partie n'est explorable que si le sceau d'entrée a été ouvert.

Un calme étonnant règne dans cette pièce. Au centre se dresse une fontaine mystérieuse. J'aperçois trois petits tuyaux fichés dans un pilier central. Une matière grisâtre et liquide s'en échappe en fins jets continus. Elle est semblable à celle que j'ai portée dans le bassin lorsque je m'apprêtais à quitter le premier niveau. Ces jets remplissent un premier petit réservoir, situé à mi-hauteur.

Le liquide en déborde et tombe ensuite goutte à goutte dans un bassin plus large situé en dessous, à hauteur de mes genoux. L'ensemble est couvert de signes et de décorations mystérieuses : soleil, éclairs, lune, nuages, étoiles et planètes, Oudjat et ankh égyptien. Je n'arrive pas à déterminer précisément ce que cela peut bien vouloir dire.

Mais mon attention se porte bientôt sur le sommet du pilier. Les fragments du carnet trouvés dans la salle du Verseau disaient vrai : je découvre au sommet du pilier et à hauteur de mon visage *une poudre rougeâtre*.

La poudre de transmutation ! La clé vers la sortie. L'espace de quelques instants, je suis tellement en joie que j'improvise une petite danse.
Allez hop, dans ma poche ! Je me précipite vers le Vestibule oriental. Les deux disques qui figurent le Soleil et la Lune, l'un de plomb et l'autre d'étain, sont toujours en place. Mais je sais que je dispose d'une poudre de transmutation, et que le plomb est proche de l'or, comme l'étain de l'argent.
Ne sachant trop comment m'y prendre, je souffle une partie de la poudre sur les deux disques, et j'attends. Le sang bat à mes tempes. Il ne se passe rien tout d'abord. Puis – je n'en crois pas mes yeux – je vois distinctement la teinte des deux disques virer l'un vers le jaune et l'autre vers l'argenté. Incroyable ! Les deux disques se sont réellement transformés en or et argent, brillant de mille feux. J'ai désormais le soleil et la lune qui décorent la porte en trompe-l'œil derrière le sarcophage !
Presque aussitôt, j'entends un déclic derrière le mur. La transmutation, en modifiant la masse des deux disques, a peut-être déclenché un

mécanisme. Je vois alors le couvercle du sarcophage s'entrouvrir dans un raclement sourd. Au mieux la sortie, au pire la momie.
Mais non, ni l'un ni l'autre. Le sarcophage est vide à l'exception d'un talisman qui y a été déposé. C'est le signe de l'ankh, taillé dans du bois.

Je remarque qu'à l'intérieur, près de l'endroit où auraient dû se trouver les pieds de la momie, il y a une sorte de disque, marqué lui-même du signe de l'ankh. Je comprends qu'il s'agit d'une sorte de serrure et que le signe en est la clé.
Mon espoir serait-il déçu ? J'ai la ferme conviction que la sortie devrait être ici mais je ne vois rien pour me le confirmer. Que faire ?
Je ne vois pas d'autre solution que prendre place dans le sarcophage.

DANS LE SARCOPHAGE

Cette partie n'est accessible qu'une fois la pièce centrale ouverte.

Après beaucoup d'hésitation, je me suis assis dans le sarcophage. À mes pieds, le signe de l'ankh épouse parfaitement les contours de sa réplique gravée dans le disque.

Ça reste inquiétant. Même si je viens de faire un grand pas vers la sortie, il faut que je me couche dans une tombe... Tout ce symbolisme commence à me courir sur le système. Ça veut dire quoi ? Que mon ancien moi, celui qui fuyait la tradition familiale, est mort et qu'un nouveau moi doit renaître ? Bonjour les allusions lourdingues. Et quand je dis renaître, rien n'est encore moins sûr : pour le moment, je n'ai fait que m'enfoncer davantage dans cette Tour. J'aurais plutôt imaginé une sorte d'ascension, mais bon... Je ne suis plus à ça près...

Une fois que le signe a été inséré, le disque peut être tourné. J'attends quelques instants, puis soudain, je ressens une secousse et une légère sensation de vertige : le fond du sarcophage s'enfonce. J'en étais sûr : encore plus profond !

Je crois bien que je suis finalement ici pour creuser ma propre tombe. Le cœur battant, je m'allonge. Mon lit de pierre descend bientôt trop bas pour que je puisse espérer remonter. J'espère que je ne me suis pas trompé quelque part.

Pendant que je m'enfonce sans savoir quelle issue est réservée à mon périple, quelques souvenirs me reviennent. Quand je vois les dangers auxquels j'ai été confronté et le risque réel de ne pas m'en sortir, quand je vois aussi que presque aucune aide ne m'a été proposée et que personne n'est jamais descendu à ma suite pour savoir ce que je devenais, je me demande vraiment si ce n'est pas à raison que mon père, mes oncles et mes tantes nous tenaient à l'écart de leurs discussions. Nous sentions bien que les adultes entretenaient des relations qui nous semblaient malsaines avec des sujets sulfureux, que les autres enfants des environs se méfiaient de nous et ne cherchaient pas à nous approcher. Mais jamais cependant les adultes ne se sont risqués à nous révéler vraiment ce qu'il en était.

Dans les villages alentour, mes tantes passaient pour des sorcières, mes oncles pour des

hurluberlus. À aucun moment je ne les ai vus pratiquer la moindre magie devant nous. Tout au plus avions-nous été confrontés à des phénomènes étranges, mais qui avaient toujours une explication rationnelle, pour peu qu'on la cherche. Seule Abigail était manifestement dépositaire d'une partie des secrets de ma tante, secrets qui, quand ils étaient effleurés dans la conversation, n'étaient alors pour moi que des affabulations.
Il me paraît aujourd'hui évident que ma tante, bravant l'omerta familiale, avait partagé une partie de son savoir avec Abigail. C'est sans doute l'une des raisons pour lesquelles, sur la fin, mes oncles et tantes semblaient fâchés entre eux. Mais comme pour le reste, ils ne nous confièrent jamais la raison de leur colère.
Quand j'y repense, maintenant... Je me demande si cette étrange attitude qui avait empoisonné notre enfance n'était pas en réalité une façon de nous *protéger* de quelque chose.
Abigail, toi qui peut-être savais tout de ce que tramaient mes oncles et tantes... Où es-tu partie ? Qu'es-tu devenue ? La dernière fois que nous nous sommes vus, tu n'étais déjà plus vraiment

du côté des cousins et cousines. Tu étais passée dans le camp des adultes, tu avais été initiée à une partie de leurs mystères, et toi aussi, désormais, tu ne parlais plus que par énigmes et par sous-entendus.

Je me rappelle même la fois où nous nous étions interrogés sur le sens de nos prénoms. Tu m'avais répondu que je tenais mon prénom de mon oncle. « Mais mon oncle s'appelle Basile ! avais-je répondu stupidement. Quel rapport ? » Tu t'étais contentée de poser sur moi tes yeux sombres avec un sourire déjà distant, pareil à celui de ta mère.

J'émerge brusquement de ces réflexions en réalisant que, tout en haut, le couvercle du sarcophage se referme doucement dans un raclement sinistre et déjà lointain. Me voilà désormais à la merci de ce mécanisme. Une angoisse viscérale s'empare de moi. Mes mains sont prises de tremblements et j'ai l'impression de perdre mon souffle. Je me force à contrôler ma respiration pour ne pas sombrer dans la panique.

Avec beaucoup, beaucoup de difficulté.

Puis soudain, la descente s'interrompt. Je suis dans le noir complet et n'entends plus que mon souffle irrégulier. Mon cœur bat si fort et si vite que je crains un instant de le sentir exploser.
Du calme, du calme. Je suis toujours vivant. Au fond d'un trou, dans le labyrinthe d'un psychopathe avec pour seul compagnon un tueur immortel qui cherchera à me fracasser le crâne s'il me tombe dessus. Et là, s'il me trouve, il me tombera littéralement dessus.
Tout. Va. Bien.
Je me redresse et sors la Pierre de Lune de ma poche. Je suis au fond d'un puits étroit, mais il y a une issue devant moi ! Une entrée certes peu large, mais suffisante pour que je puisse m'y glisser. Je n'ai de toute façon plus le choix.
J'aperçois ensuite un long couloir. Je ne peux vraiment en estimer la longueur. Au bout, je débouche sur le fond d'un puits. Des barreaux permettent de le remonter. Je cale comme je peux la Pierre de Lune dans ma poche et commence mon ascension. Où cela va-t-il encore me mener ?

Mais cette fois, au moins, je monte. Je vois enfin une lumière. Est-ce... oui ! Je me précipite vers elle. C'est bien la lumière du jour ! Je fonce vers la sortie.
Je n'ai plus beaucoup de place pour prendre mes notes ici. Je vais noter mes dernières impressions à la fin, page 258, dans un chapitre que je vais sobrement intituler « Dehors – Vivant – Libre ! »

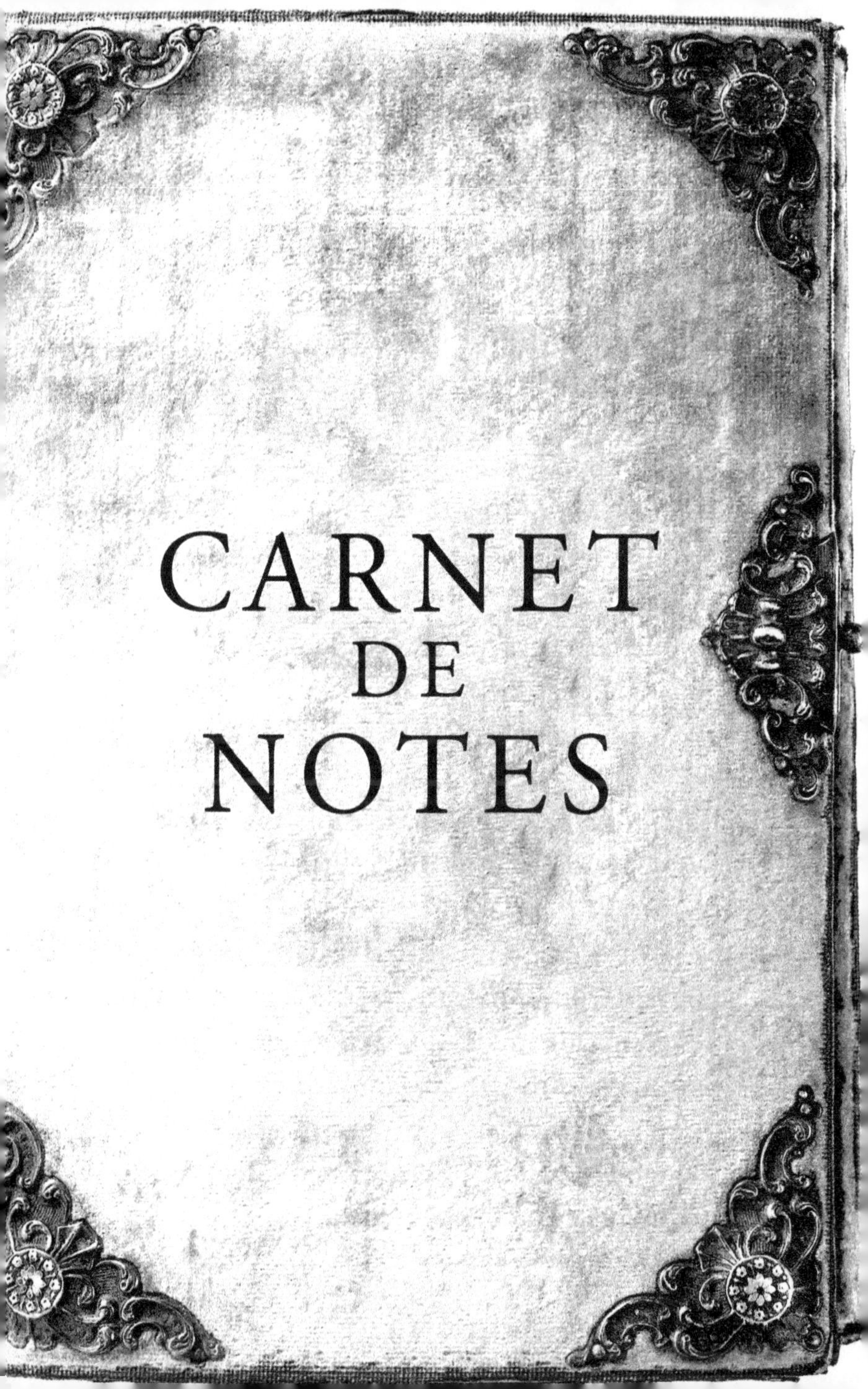
CARNET
DE
NOTES

PREMIÈRE PARTIE
TROUVAILLES

Je rassemble ici les objets que je peux emporter avec moi, avec leur description et les symboles qui y figurent quand c'est utile : ceux-ci me permettront de tenter des combinaisons. Par exemple, si je veux combiner la clé dorée et la Clavicule d'Adam, je représenterai leur combinaison de la façon suivante : 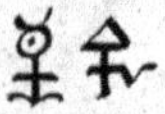
Pour plus de clarté, je vais entourer le symbole des objets que j'ai sur moi et barrer le nom de ceux que je n'ai plus. Au départ, je n'ai que la clé dorée.

La clé dorée que j'avais dans ma poche
Un genre de clé qui tient dans la paume de la main, en métal lourd et jaune. Sans blague ? En or ? Elle est composée d'un cercle où s'attachent une croix, puis un demi-cercle. En bas de la croix, des genres de pieds. On dirait presque un bonhomme dessiné par un gamin de cinq ans.
Si on la tient dans l'autre sens, cela ressemble vaguement à un caducée. Il y a quelque chose qui rappelle l'ankh égyptien aussi.

Qui peut être assez tordu pour me laisser là avec un truc comme ça dans la poche ? En même temps, qui dit labyrinthe dit sortie, dit porte, dit serrure…

Le carreau de la salle du Foyer

Un petit carreau de céramique qui tient dans la paume de la main. Il est gravé sur une face d'une sorte de flèche et, dans un coin, d'un arc de cercle agrémenté d'une petite virgule.

La Clavicule d'Adam

Une petite clé tout ce qu'il y a de plus normale, comme une vieille clé de commode, sauf qu'au bout il y a un petit symbole étrange que je ne crois pas avoir vu auparavant. Cette clé ouvre sûrement l'une des serrures du coffre de la salle des Clavicules.

La Clavicule d'Ève
Même format que la clé d'Adam, mais avec un petit symbole différent.

Le carreau de la salle de l'Eau
Un carreau de céramique semblable à celui de la salle du Foyer. Il est gravé sur une face d'un arc de cercle dans un coin et d'un symbole qui ressemble à celui de la clé d'or :

L'autre face est dénuée de toute marque.

La Pierre de Lune
Un galet poli, blanchâtre et translucide, qui tient dans la main. Son toucher est doux, un peu chaud sans l'être vraiment, étrangement rassurant. Une sorte de magnétisme émane de cette pierre qui attire le regard et incite à ne pas la quitter des yeux. Quelques minutes plus tard, alors que je remonte un couloir plus sombre, quelque chose m'arrête.

La pierre luit faiblement. Intrigué, je m'accroupis contre la paroi et me penche de manière à créer avec mon dos et mes bras une cage à l'abri de la lumière qui provient des pièces les plus proches. L'intensité du rayonnement augmente. C'est une lumière grise, douce, mais assez forte pour qu'on y voit clair, un peu comme par une nuit de pleine lune.
Wow. Là, c'est la fête ! Je ne comprends pas du tout comment cela peut fonctionner. À la limite, c'est même un peu *inquiétant* une pierre qui irradie une telle lumière. Mais qu'importe ! J'ai enfin le moyen d'entrer sans danger dans les salles obscures, celles que j'ai marquées en marge du symbole ☽.
On dirait que je progresse.

✡☉ **La pomme dorée de la sphère armillaire**
Probablement la représentation du Soleil dans le système de Ptolémée. En plus du numéro qui est indiqué sur chacune des pommes, celle-ci est frappée de l'étoile de David. Allez hop, dans ma besace !

La pomme argentée
Idem, mais cette fois c'est la lune. Je la prends aussi.

Les cinq autres pommes de la sphère armillaire
Je les mentionne ici mais je ne trouve pas utile de les prendre pour le moment. On verra bien.

Carreau de la salle Humide
Un autre morceau de céramique, gravé de la même façon que les autres, mais avec des signes différents. Il porte le signe du Soleil au centre et un quart de cercle dans le coin supérieur droit.

Un sablier qui ne contient pas de sable
Curieuse trouvaille que ce sablier parfaitement vide. Il doit bien servir à quelque chose pourtant. Enfin, j'espère. Je n'aimerais pas trimballer des choses pour rien.

☉♂ **Un bouclier en fer**

Non, un ÉNORME bouclier en fer. Le signe de Mars a été gravé sur son côté intérieur. Je ne vois pas trop à quoi il pourrait bien me servir, mais je le note au cas où.

♐ **Une lance**

Une lance assez lourde aussi, en tout cas totalement inefficace comme arme car beaucoup trop massive pour moi. Une petite flèche a été dessinée dessus, celle qui représente le Sagittaire. Pas très différente de la représentation d'une lance, cela dit. Là aussi, a priori, je n'ai pas de raison de me trimballer avec, mais elle est dans mes trouvailles si jamais j'en ai besoin.

♒♃ **La coupe de la salle des métaux**

On dirait un calice. Elle porte une inscription mystérieuse : « I, II, ou III selon la quantité de Sel », en filigrane sur son bord supérieur. J'ai remarqué plus tard que deux petits symboles ont également été gravés sur son pied. Je les reporte en marge ici.

○ Le disque d'argent de Zeus

Un petit disque, comme une grosse pièce de monnaie, frappé sur une face de la foudre et sur l'autre du symbole de la Lune. Il n'y a pas de symbole gravé sur ce disque mais lui-même est si parfait qu'il en représente sans doute un. Je le note avec un cercle tout simple.

☿ L'onguent parfait

Une huile, que je conserve dans la vasque de la salle de l'Eau. Cette dernière porte maintenant le symbole de Mercure. Je dois me déplacer avec d'infinies précautions pour ne pas perdre de cette huile car je suis persuadé qu'elle me sera très utile pour sortir d'ici.

Carreau de la salle de la Terre

Encore un carreau, gravé cette fois-ci d'une sorte de M et d'un quart de cercle agrémenté d'une petite virgule.

△ ♊ Le médaillon reconstitué

Le pot de terre

Obtenu dans la salle du Foyer. C'est une sorte de petite marmite que l'on peut fermer avec un couvercle. Je ne lui trouve rien de particulier.

INDEX DES SYMBOLES

Symboles ....

☉ .... ☾ ....

♄ .... ♀ ....

♂ .... ☿ ....

♃ ....

Symboles ....

🜂 .... 🜄 ....

🜃 .... 🜁 ....

Symboles ....

♑ .... ♏ ....

♊ .... ♉ ....

Symboles ....

∽	♄ ....
☿	☩ ....
♌	♃ ....
♎	☿ ....

Symboles ....

♈	♉ ....
♊	♋ ....
♌	♍ ....
♎	♏ ....
♐	♑ ....
♒	♓ ....

ENSEMBLES DE SYMBOLES

Je recopie ici les groupes de symboles aperçus lors de mon exploration : je ne peux pas les décrypter pour l'instant, mais lorsque je saurai comment faire, je pourrai revenir ici et les compléter.

COMBINAISONS

♆ ♄ ☿ ♀ : voir en ▽II

♆ ♃ ☿ ♂ : voir en ♃I

♆ ♂ ☿ ☾ : voir en ▽I

♆ ☾ ☿ ♃ : voir en ⊙☾II

♆ ♀ ☿ ⊙ : voir en ⊙ΠI

♆ ☿ ☿ ♄ : voir en 🜂I

♆ ⊙ ☿ ☾ : voir en 🜂III

☾♐⊕ : La Pierre de Lune filtre la matière. La lumière lunaire permet de distinguer la vraie nature des choses. Lorsque je place la Pierre de Lune dans la vasque, la lumière devient éclatante. Je consigne mes nouvelles découvertes dans le II de la salle Par-delà la Porte au Lion.

☿ △ ♊ : Je frotte un peu d'onguent sur le médaillon et puis, ben, il ne se passe rien. Ça serait plus avisé de ne pas gaspiller je crois.

△ ♊ ♃ : Nom de Zeus ! À peine avais-je placé le médaillon de la roue des éléments dans le creux portant le symbole en forme de quatre que les foudres ont commencé à vibrer, à se craqueler et à fulminer. Et soudain un flash de lumière. J'ai eu le réflexe inouï de me jeter à terre car je crois bien que la foudre a frappé juste à mes pieds ! Il a fallu laisser passer quelques minutes pour que je retrouve la vue et me remette de mes émotions. La foudre a fait éclater une dalle devant le piédestal de la statue et a révélé ce qui était caché en dessous. Je note la suite en ♃II.

☩ ☿ ♄ II : aller en ☉▽I

☿ ☿ ☾ II : aller en ♀I

☿ ☩ ♄ II : aller en △II

☿ 🜃 ♒ ♌ : L'onguent sur la Porte au Lion. Et ça servirait à quoi ?

○ 🜃 ♒ ♌ : La Lune sur la Terre dissout le Lion. C'est ça ? La tête me tourne un instant. Une fois la pièce en argent placée dans l'autel, les yeux du Lion se mettent à rougeoyer. Et puis… et puis… rien. Et soudain j'ai la vision de la statue d'Hermès qui me voit, qui me *regarde*. La suite en ☿I.

☿ 🜊 ♃ : J'applique l'huile sur la serrure. La matière se décompose instantanément en cendres. Il ne me reste plus qu'à souffler doucement pour dégager complètement la serrure. Une fois cette opération terminée, je n'ai plus d'onguent. Je retourne dans la salle du Soleil Roi, soit en ⊙III, pour continuer mon chemin.

✡ ⊙ 🜎 ☾ : Un peu chancelant, je suis retourné dans la salle de la Sphère armillaire. Je replace les planètes dans l'ordre. Il se remet à faire chaud et la lune semble, sous la lumière du soleil, exhaler à nouveau une vapeur blanche. Les orbes se

mettent à nouveau en mouvement et les boules tombent. Hum.
Je recommence une fois, deux fois, trois fois. Où cela mènera-t-il ? En reprenant en main la lune, je remarque que la boule semble moins pesante. Ah ! Elle se dissout *vraiment* ! Après une bonne série d'essais supplémentaires, la boule s'est déformée au point que je ne puisse plus la mettre sur son orbe. Mais peu importe : la matière semble avoir été amollie. Bon, dissoute, en fait. Comment le métal peut se retrouver dans cet état, c'est un mystère. Je peux retirer à la main cette substance. Il reste un cœur dur au milieu de la glaise que je dégage puis nettoie avec ma manche. Une sorte de pierre blanchâtre. Une pierre. Dans la lune. Une Pierre de Lune ? En tout cas c'est une belle trouvaille et je vais la noter parmi celles-ci. Je me demande bien à quoi elle peut servir et si elle me sera utile. Rendez-vous dans la rubrique « Trouvailles » pour en savoir plus sur cet objet fascinant.

FORMULES CHYMIQUES

Voici les formules que j'ai pu reprendre du livre de la bibliothèque. Ça ne m'a pas l'air simple et à vrai dire, au premier coup d'œil, je ne comprends absolument rien. Certaines formules ressemblent néanmoins à des indications de salles. C'est une idée à creuser. Mais pour le moment, à moins de savoir précisément d'où cela mène et où cela peut conduire, je m'abstiendrai de chercher une solution.
Tout m'a l'air un peu dans le désordre. Aux formules d'origine présentes dans le texte, d'autres ont été ajoutées à la main, d'autre précisées par des commentaires. Ça ne va pas être simple !

🜃 Rectificando *pour* 🝮 II

🜃 tourné vers gauche *donne* ☉ ☾ III

🜃 tourné vers droite *donne* ☾ 🜃 II

☉ ℨ ☾ aller à ♀II

♉∾♌♏∾🜄∾Π devient ♄ I

♉∾♌♏∾🜄Π pour ♂ II

♉∾♌♏∾∾🜄∾Π conduit à 🜁 II

LES QUATRE CARREAUX DE CÉRAMIQUE

Je rassemble sur cette page les quatre carreaux que j'ai trouvés au fil de mon exploration : tous sont répertoriés dans mes trouvailles. Cela devrait me permettre de reconstituer le puzzle et de voir à quoi il me sert !

PANNEAUX DE LA BIBLIOTHÈQUE

Je replace ici les trois panneaux de la bibliothèque. Si j'ai bien compris, les deux premiers panneaux me permettent de calculer l'emplacement d'un livre dans le grand panneau. Je sais déjà probablement quelle colonne sélectionner parmi ♉, Ʊ, ♏ et Π.

⊕	☽	☿	♀	☉	♂	♃	♄
•	I	II	III	V	X	L	C

♈	♉	♊	♋	♌	♍	♎	♏	♐	♑	♒	♓

TABLEAU DE LA BIBLIOTHÈQUE

	♉	Ʊ	♏	Π
I	XI	XLI	XI	XLI
II	XX	XCIX	XXIII	V
III	XCIX	XII	XV	IX
IV	V	XI	LXXVIII	XXVII
V	XCIX	LXXX	XCIX	XCIX
VI	XIII	VIII	XLIX	IX
VII	XXVI	XIII	V	XIX
VIII	XLI	LXXX	XXVII	XV
IX	XII	XCIX	XI	XLVIII
X	XCIX	VIII	XLI	LXXVII
XI	XXXI	XV	XII	XIII
XII	LXXXV	XI	XV	LXXX
XIII	V	XVIII	LXXVII	XIV
XIV	CDIV	XCIX	XLII	LXXXV
XV	XX	XII	XV	XVX
XVI	XXX	XIII	XCIX	XIV
XVII	XV	XLI	XXIII	V
XVIII	LXXX	XXVII	XII	IXL
XIX	XXVI	V	LXXX	XII
XX	IC	IXL	XV	XI

Histoire de m'y retrouver, je vais entourer les titres des livres déjà découverts : j'aurai peut-être besoin de les consulter de nouveau plus tard.

V – LIVRE ILLISIBLE

Fausse piste.

VIII – LETTRE DE NICOLAS FLAMEL AU SIEUR DE RAIS

AINSI QUE j'ai pu l'écrire dans *Le Livre des Figures Hiéroglyphiques*, on peut trouver au sein de chaque chose les deux mêmes principes, à savoir le masculin et le féminin, le Soleil et la Lune, que les alchimistes nomment également soufre 🜍 et vif-argent ☿. Ce ne sont point là le soufre et le vif-argent commun, aussi appelé mercure, que nous trouvons partout dans la nature, mais l'essence même de chaque chose. Et chacune de ces substances, agissant sur la matière première, ou sel, permet de la mûrir et de lui donner des formes nouvelles. Ainsi, soufre, vif-argent et sel constituent ensemble les trois parties de la matière.

Il faut donc comprendre les transmutations comme le mûrissement du métal, de sa forme la plus primaire, le plomb, à l'or, sa forme la plus parfaite.

L'Alchimiste devra donc, au moyen de l'œuvre, retourner à la source de ces principes, les purifier, en retirer l'essence de manière à pouvoir ensuite corriger ce que nature n'a point encore accompli et par là transmuter les métaux.

Connaître la part de soufre et de mercure contenu dans chaque chose, quelle est la matière première *Materia Prima* 🜍, et quel est le chemin qui permet d'atteindre la connaissance de la matière et de ses transmutations par l'accomplissement du Grand Œuvre est une énigme que l'Alchimiste doit résoudre seul dans le secret de son laboratoire. Aussi, mon jeune ami, ne puis-je t'en dire plus.

Voilà des informations précieuses à noter dans les index des symboles...

IX – COMMENTAIRES SUR LA MONADE DE JOHN DEE

[…] est la clé de la compréhension de toute chose. Mais cette recherche éclairante dissimule en vérité le sens premier de la monade.
Ce symbole, c'est celui de l'humain, à la mesure de toute chose. C'est également la clé, dorée s'il en est, qui porte en elle la révélation sur la vraie nature de l'Univers. Car c'est ainsi qu'il faut la comprendre :

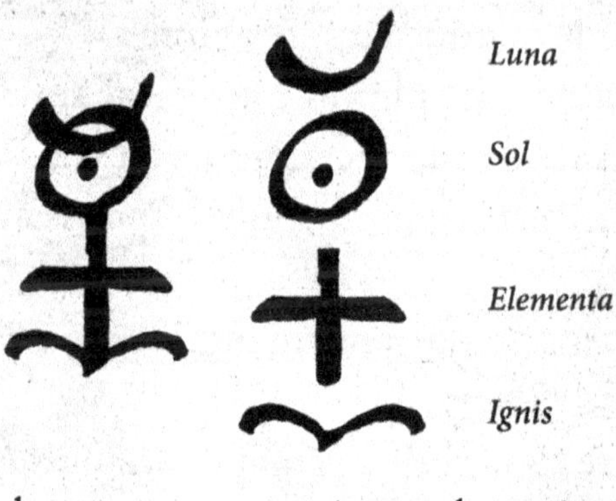

Toute chose est composée par les principes de la Lune et du Soleil, c'est-à-dire du soufre et du mercure philosophique, également nommé vif-argent. Ces deux principes gouvernent les éléments, de sorte que selon leur influence, les éléments puissent revêtir une forme plus ou moins

parfaite. Ce changement de la matière première, ou sel, que l'on représente aussi par la croix ♰ est gouverné par le feu secret qui ne brûle pas mais donne à chaque chose sa puissance. Lune, Soleil, éléments, feu secret, voilà le sens véritable de la monade découverte par le fameux mage de la reine Élisabeth d'Angleterre.
Et ainsi chaque métal peut être compris :

♄ **Plomb :** Le plus imparfait, imprégné d'un sel brut qui le marque en son sommet.
♃ **Étain :** Sel de plomb tourné car travaillé par le feu secret, barrant le symbole en sa base.
♂ **Fer :** Perfection du soufre repoussant le feu secret.
☉ **Or :** Soufre pur rayonnant. Désormais dénué de feu.
♀ **Cuivre :** Soufre se séparant du sel tourné au sud.
☿ **Mercure :** Soufre et vif-argent se séparant du sel en leur sud.
☾ **Argent :** Vif-argent ou Mercure pur rayonnant.

Mais seuls mercure, plomb et étain peuvent former par leur union le symbole de la monade. C'est ainsi qu'il revient à l'Alchimiste souhaitant créer celle-ci de combiner entre eux les métaux afin de pouvoir contempler en un symbole l'humain et l'Univers unis.

XI – LIVRE ILLISIBLE

C'est c'la oui.

XII– LE LIVRE DES FIGURES HIÉROGLYPHIQUES – NICOLAS FLAMEL

EXPLICATION DE cette figure. Considérez bien ces deux dragons, car ce sont les vrais Principes de la Philosophie, que les sages n'ont pas osé montrer à leurs enfants propres. Celui qui est dessous, sans ailes, c'est le fixe, ou le mâle ; celui qui est au-dessus, c'est le volatil, ou bien la femelle noire et obscure, qui va prendre la domination par plusieurs mois. Le premier est appelé soufre 🜍, ou bien chaleur et sécheresse, et le dernier, argent-vif ☿, ou froideur et humidité. Ce sont le Soleil et la Lune de Source *Mercurielle*, et Origine *sulfureuse*, qui par le feu continuel s'ornent d'habillements royaux, pour vaincre toute chose métallique, solide, dure et forte, lorsqu'ils seront unis ensemble, et puis changés en quintessence. Ce sont ces serpents et dragons que les anciens Égyptiens ont peints en cercle, la tête mordant la queue, pour dire qu'ils étaient sortis d'une même chose, et qu'elle seule était suffisante à elle-même, et qu'en son contour et circulation elle devenait perfection. Ce sont ces dragons que les anciens Poètes ont mis à garder sans dormir les *Pommes dorées* des jardins des Vierges Hespérides. Ce sont

ceux sur lesquels Jason, en l'aventure de la Toison d'Or, versa le jus préparé par la belle Médée : des discours desquels les livres des philosophes sont si remplis, qu'il n'y a point de philosophe qui n'en ait écrit depuis le véridique Hermès Trismégiste, Orphée, Pythagore, Arthéphius, Morien, et les autres suivants, jusqu'à moi.
Ce sont ces deux serpents envoyés par Junon, qui est la nature métallique, que le fort Hercule, c'est-à-dire le Sage, doit étrangler en son berceau : je veux dire, vaincre, et tuer, pour faire pourrir, corrompre, et engendrer, au commencement de son œuvre. Ce sont les deux serpents attachés autour du Caducée, ou bâton de mercure, avec lesquels il exerce sa grande puissance, et se transfigure et se change comme il lui plaît.

XIII – LIVRE DES FORMULES CHYMIQUES

Rendez-vous page 196 pour lire les formules que j'ai réussi à déchiffrer et que j'ai recopiées dans le carnet, en attendant de savoir à quoi elles servent.

XIV - LE CYCLE DE LA MATIÈRE – HENRI CORNÉLIUS AGRIPPA

Mars avec un bélier et Vénus avec un taureau, avec l'hiver en arrière-plan. Franchement, c'est quand même un peu tiré par les cheveux.... Sauf que ça marche et qu'il y a bien quelque chose de lisible derrière ce code caché dans la fresque.

PENDANT UN temps qui aujourd'hui me semble incroyablement long, j'ai persévéré dans mes erreurs, et ce malgré les avertissements de mes maîtres. La vérité n'est pas évidence, le chemin est une énigme. Mais la Providence a aussi permis qu'au prix d'innombrables détours et fausses routes, je rencontrasse un jour quelque vieux libraire de la Sorbonne qui peut-être sans le vouloir ou peut-être pour me guider sur le droit chemin, me fit part de ses pensées sur la théorie d'Empédocle.

Il m'avait semblé jusqu'à présent que chaque chose de ce monde pouvait être comprise comme une combinaison des quatre éléments. Ainsi, selon la proportion de feu, d'air, de terre ou

d'eau contenue dans chaque substance, on pouvait créer tout ce qui peut être observé sur Terre. Il était évident en particulier que les plantes, les animaux et nous-mêmes étions en grande partie composés d'eau. Une part de mes études avait ainsi porté à connaître la composition de toute chose. Il m'avait alors apparu que toute substance pouvait elle-même être décomposée en d'autres substances, hors l'eau qui est l'élément le plus directement accessible, et ainsi de suite jusqu'à ce qu'on parvienne à un principe irréductible.
Malheureusement, il était alors impossible d'aller plus loin et j'étais bien obligé de me borner à déduire des propriétés des substances les éléments qu'ils contenaient et leurs parts respectives.
Certains savants ajoutèrent plus tard l'éther sans que je ne comprisse jamais ce en quoi cela pouvant consister, sinon à insuffler aux choses une âme ou un principe.
Or un soir que je me disposais à dépenser au cabaret le peu d'argent que me laissaient mes coûteuses et désespérantes études, je trouvai sur ma route l'échoppe d'un libraire-juré qui jusque-là n'avait pas retenu mon attention. C'est que cette fois-ci

l'atelier du copiste, au lieu de présenter quelque sermon d'un père de l'Église ou son commentaire, laissait entrevoir de mystérieuses figures hiéroglyphiques dont la nature alchimique ne faisait aucun doute.

Interrogé par mes soins, le libraire m'indiqua qu'il n'était lui-même que peu versé dans cette matière, mais que l'acquisition d'un livre selon son opinion très ancien l'avait tant intrigué qu'il s'était décidé à en savoir le plus qu'il pourrait sur le sujet. Je lui avouai alors que mes études étaient également tournées vers le Grand Œuvre et que je serais fort intéressé de faire l'acquisition des livres qu'il proposait à la vente.

Le prix qu'il m'annonça mit à terme à mes soudains espoirs tant il était au-delà de mes moyens. Toutefois, devant ma mine déconfite, il ne put réprimer un léger sourire et consentit à me laisser consulter quelques pages du précieux grimoire.

C'est ici que je trouvai une représentation des éléments, dans une curieuse disposition. Le feu était en effet placé au centre, les trois autres éléments gravitant autour de lui : l'air en son sommet, la terre à sa droite et l'eau à sa gauche. Alors que je lui faisais part de mon étonnement, il me confia ces quelques mots qui changèrent tout à fait le cours de mes travaux. Il ne fallait point, me disait-il, imaginer les éléments comme les briques de toute chose sensible, mais au contraire, les considérer comme un état de la matière. En réalité, les éléments passent d'un état à un autre, comme la glace se change en eau, l'eau en vapeur et la vapeur des nuages se précipite en neige, c'est-à-dire à nouveau en glace. Ces transformations, qu'il nomma dissolution ♒, sublimation ⊽ et précipitation ♌, se font sous l'emprise d'un principe caché, un feu secret, qui commande le cycle des éléments. La terre représente ainsi l'état solide, l'eau l'état liquide et l'air les vapeurs. En regardant de nouveau le médaillon dans le grimoire, je découvris que les trois symboles de ces transformations entouraient les éléments, la dissolution étant située à leur base et la précipitation et sublimation, respectivement à leur gauche et à leur droite.

Le travail de l'Alchimiste serait alors, s'il voulait percer le secret de la matière, d'utiliser ces transformations pour purifier et isoler les composants fondamentaux de chaque chose, c'est-à-dire le soufre et le vif-argent.

Cette révélation me laissa pantois. J'abandonnai sur le champ mes projets festifs pour m'empresser de regagner mes fourneaux et mes cornues.

Hé... Mais je reconnais ces symboles ! Ce sont ceux que j'ai trouvés sur les morceaux de céramique éparpillés dans la salle de la Fresque de Mars et de Vénus ! Du coup, je peux me rendre page 238 du carnet et reformer le médaillon, sans oublier de noter les petits symboles inscrits en tout petit sur certains morceaux.

XV – LIVRE ILLISIBLE

Il doit y avoir une erreur.

XVIII – COMMENTAIRE DU TETRABILIOS DE PTOLÉMÉE ATTRIBUÉ À VETIUS VALENS

IL EST dit dans la Table d'émeraude d'Hermès le Trois Fois Grand : « Il est vrai, sans mensonge, certain, et très véritable : ce qui est en bas, est comme ce qui est en haut et ce qui est en haut est comme ce qui est en bas, pour faire les miracles d'une seule chose. Et comme toutes les choses ont été et sont venues d'un, par la médiation d'un, ainsi toutes les choses ont été nées de cette chose unique, par adaptation.

Et c'est ainsi que depuis la création, le ciel est comme le miroir du monde. C'est là le secret de la science des astrologues que de pouvoir lire dans les astres ce qui s'est produit ou se produira ici-bas. Car chaque chose dans ce monde trouve dans le ciel sa correspondance et son reflet.

De tous les signes du ciel, les sept planètes sont les plus importantes. Et nous retrouvons encore par symétrie leur équivalent sur le monde, que sont les sept métaux. Saturne, la plus lente la plus extérieure. Jupiter, triomphante, Mars, porteuse de présages guerriers, le Soleil Roi régnant sur le ciel et principe mâle du monde, Vénus accompagnant l'aurore cuivrée, Mercure, porteuse des secrets et enfin la Lune, reine de la nuit.

Ptolémée professait que l'astrologie devait se fonder sur l'étude de ces planètes, selon qu'elles allaient se chauffant , se refroidissant , s'humidifiant  ou s'asséchant .

Et comme tu peux voir dans le monde sous l'aspect des métaux le même principe qui, en son mûrissement, revêt des aspects successifs, tu verras dans le ciel ces aspects qui sont comme les différentes couleurs dont le mariage donne la lumière parfaite de l'astre solaire.

XIX – LIVRE ILLISIBLE

Je commence à perdre patience ici.

XX – LIVRE EN FLAMAND

J'ai compris l'énigme de la bibliothèque : il suffit de combiner les planètes avec les maisons du zodiaque et d'additionner leurs nombres respectifs (j'ai compris assez vite que les cases sous les signes du zodiaque se numérotaient de I à XII) pour savoir sur quelle étagère se trouve le livre recherché. Le cartouche au plafond demande d'associer la Terre avec les Gémeaux et la Lune avec le Verseau. Cela donne 15 car la Terre vaut 0. Le grand panneau indique, sur la quinzième ligne de la colonne du printemps, le chiffre XX.

J'attrape donc sur l'étagère le livre qui est marqué du chiffre XX.
Une mauvaise surprise au premier abord : le livre est entièrement rédigé en caractères gothiques dans une langue que je ne comprends pas. J'arrive à peine à déchiffrer le nom de l'auteur : Friedrich van Riis*Schart* ou *Kart* ou quelque chose. Ça ne me dit rien.
Toutefois, je persiste et finis par trouver un feuillet manuscrit glissé entre deux pages. Sans doute une traduction :

JEUNE INITIÉ, sache que pour comprendre ce Grand Art, tu dois abandonner ce qui pour toi relève de l'évidence. Le Mystère siège aussi profondément dans la matière que la tradition repose dans les profondeurs du temps. Le nom même, Al-Kemet, la terre noire, cette glaise informe qui rendit tout possible jusqu'à l'or des pharaons, nous renvoie aux limons fertiles du fleuve Nil, aux temps les plus anciens de notre civilisation, quand, pour la première fois, les hommes furent éclairés par la sagesse du Trois fois Grand.

Il ne suffit pas de connaître les enseignements d'Hermès pour en maîtriser les secrets. Tes philtres, des incantations, tes cornues et ton athanor resteront stériles si tu n'as dans le même temps été toi-même changé par ta pratique du Grand Art. Il te faudra creuser en toi-même, devenir ta propre matière première et te transformer.
Ce chemin est le même pour tous. La vérité est cachée. La voie est celle de l'énigme. Les formules sont des chemins que tu devras suivre (cette dernière phrase a été soulignée par un précédent lecteur).
Pour cette raison, tu ne trouveras jamais dans les grimoires des adeptes d'explications claires sur l'art et la manière de réaliser les transmutations métalliques ou les autres exploits que l'on prête à l'alchimie, mais des formules incomplètes ou des allusions fausses et piégées. Car tu dois seul affronter l'énigme et trouver seul le chemin du savoir.

Au cas où il me restait des doutes, c'est maintenant terminé : il va falloir me mettre à l'alchimie si je veux comprendre ce qui se passe et, tant qu'à faire, me tirer au plus vite...

XXIII – LE CHEMIN DU CHEMIN – ARNAUD DE VILLENEUVE

Le texte est en latin. Une partie est traduite sur un feuillet :

PÈRE VÉNÉRABLE, prête-moi pieusement l'oreille. Apprends que le mercure ☿ est la mère de tous les métaux, semence imparfaite, quand elle sort de la terre, à cause d'une certaine chaleur sulfureuse. Suivant son degré de sulfuration, elle engendre les divers métaux au sein de la terre. Il n'y a donc qu'une seule matière première des métaux ; suivant une action naturelle plus ou moins forte, suivant le degré de cuisson, elle revêt des formes différentes. Tous les philosophes sont d'accord sur ce point. En voici la démonstration : chaque chose est composée des éléments en lesquels il est possible de les décomposer. Citons un exemple impossible à nier et facile à comprendre : la glace à l'aide de la chaleur se résout en eau, donc c'est de l'eau. Or tous les métaux se résolvent en mercure ☿ donc ce mercure est la matière première de tous les métaux. J'enseignerai plus loin la manière de faire cette transmutation, détruisant ainsi l'opinion de ceux qui prétendent que la forme des métaux ne peut être changée. Ils auraient raison si l'on ne pouvait réduire les métaux à leur matière première, mais je montrerai que cette réduction en la matière première est facile et que la transmutation est possible et faisable.

Il y a un commentaire manuscrit : *L'Adepte oublie de préciser ici, sans doute à dessein, que la glace contient également un ignis occultus, ou feu secret, comme le précise Clément Marot dans son poème hermétique : « Anne par jeu me lança de la neige/Que je croyais froide certainement/Mais ce fut feu l'expérience en ai-je/Car embrasé je fus soudainement/Puisque le feu loge secrètement/Dedans la neige. » De plus, il cache la vérité en confondant mercure, qui est la matrice, et sel, qui est la vraie matière première transformée dans la matrice par l'action sulfureuse.*

La traduction reprend plus loin :

Le Philosophe dit : « Change la nature des choses et tu trouveras ce que tu cherches ». Cela est vrai. Car dans notre magistère nous tirons d'abord le subtil de l'épais, l'esprit du corps et enfin le sec de l'humide, c'est-à-dire la terre de l'eau, c'est ainsi que nous changeons les natures. Ce qui était en bas nous le mettons en haut. Les philosophes disent encore que l'on fait notre Pierre d'une seule chose et avec un même vaisseau. Ils ont raison. Tout notre magistère est tiré de notre eau et il se fait en elle. Elle dissout les métaux eux-mêmes.

XXVI - MUTUS LIBER – PLANCHE 6

In quo tatem tota Philosophia Hermetica figuris hieroglyphicis depingitur, Aurore cujus nomen est Altuls
Édité par Pierre Savouret, de La Rochelle (1677)

Encore un livre en latin, qui contient d'ailleurs très peu de texte et surtout des gravures. Mais des feuillets portant des commentaires ont été ajoutés. C'est en allemand... et je ne comprends rien.

Sur la planche n° 6, on distingue en six étapes un homme et une femme de part et d'autre d'un four qui effectuent plusieurs opérations. Sans doute des manipulations alchimiques. Ils utilisent de grandes fioles et une sorte d'alambic. Sur la cinquième case, la femme est remplacée par une représentation d'Apollon, le dieu Soleil. Sur la case suivante, la femme est de retour et Apollon a disparu.
Le commentaire qui accompagne cette gravure est en français.

On remarquera que les opérations sont conduites par l'alchimiste et sa compagne, représentant en évidence soufre et mercure dans la symbolique traditionnelle. On y voit comment les composants sont assemblés dans le creuset, jusqu'à obtention de la Rose philosophique, symbole évident et équivalent à l'étoile à six branches, ou étoile de David, qui est la superposition des quatre éléments, ou qui, inversement, les contient tous.

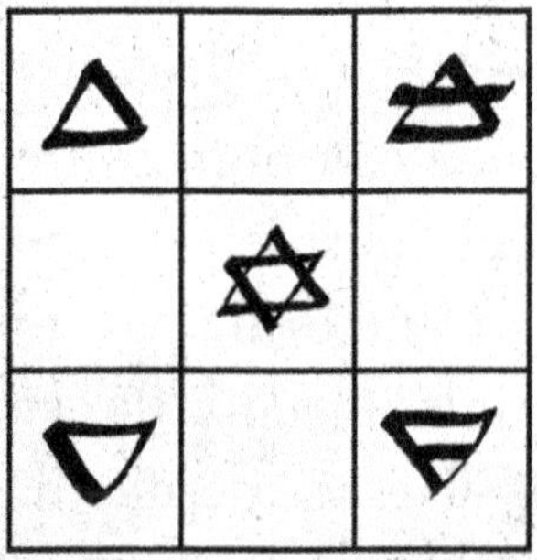

Cette figuration de la matière première est également souvent représentée par la croix ✢, chaque branche figurant l'un des éléments.
Cette matière est distillée, selon un rite qui me semble ici incomplet, l'auteur ayant sans doute choisi de dissimuler une partie des opérations de manière à ne pas porter à la connaissance d'autres personnes que les initiés le secret de cette distillation. Il en résulte une séparation d'une eau et d'une matière granuleuse. Cette matière est à nouveau soumise à l'influence de la Lune, représentée par la compagne de l'alchimiste en majesté. Nous assistons enfin à la cuisson de la matière. Mais cette cuisson est particulière. Le feu du creuset n'est pas celui qui est ici le plus utile et d'ailleurs on remarquera que le feu est ici représenté symboliquement, mais que nulle flamme ne sort du

four de l'alchimiste. Car il existe en réalité deux feux : l'un, le feu commun connu comme l'un des éléments, et l'autre, un principe secret, un feu intérieur qui ne brûle pas, mais qui par sa puissance mûrit les métaux, de la même manière qu'un ferment. C'est ce dernier dont il faut voir ici l'action.

Un symbole a été ajouté en marge :  Celui du feu « secret » ?

XXVII – L'ENTRÉE OUVERTE AU PALAIS FERMÉ DU ROI - EYRÉNÉE PHILALÈTHE

Un ensemble de petits paragraphes totalement abscons et incompréhensibles. Toutefois, l'un d'eux retient mon attention :

QUICONQUE DÉSIRE posséder cette Toison d'Or (le mot est souligné et quelqu'un a ajouté dans la marge : « La pierre philosophale ! ») doit savoir que notre poudre faiseuse d'or, que nous nommons notre Pierre, est l'or, seulement élevé au plus haut degré de pureté et de fixité subtile où il puisse être amené, tant par la nature que par l'art d'un habile opérateur. Cet or porté à sa quintessence n'est plus celui du vulgaire : nous l'appelons notre or ; il est le degré suprême de perfection de la nature et de l'art. Je pourrais, à ce sujet, citer tous les philosophes, mais je n'ai pas besoin de témoins, puisque je suis moi-même un Adepte, et que j'écris avec plus de clarté qu'aucun auparavant. Me croira qui voudra, me désapprouvera qui pourra ; que l'on me censure même, si on le désire : on n'aboutira qu'à une profonde ignorance. Les esprits trop subtils, je l'affirme, songent à des chimères, mais le chercheur assidu trouvera la vérité en suivant la voie simple de la nature.

Dans la marge, quelqu'un a ajouté ♍⊕♏⊕ (j'ai d'abord cru que le bouquin avait appartenu à un certain Momo… je devrais peut-être faire un somme, moi) sans autre précision. Est-ce vraiment un problème ?

XXX - LES DEMEURES PHILOSOPHALES – FULCANELLI

Le marque page semble indiquer ce qui est directement intéressant pour moi dans ce texte, rédigé pour une fois en bon français moderne, et par ailleurs assez compréhensible pour une fois : *Pour les alchimistes, les esprits sont des influences réelles, quoique physiquement presque immatérielles ou impondérables. Ils agissent d'une manière mystérieuse, inexplicable, inconnaissable, mais efficace, sur les substances soumises à leur action et préparées pour les recevoir. Le rayonnement lunaire est l'un de ces esprits hermétiques...*

Quelqu'un a ajouté à la main en marge : « *Cœur de Lune = Pierre de Lune* », puis « *et ainsi est l'énigme de l'Adepte* »

Bon, ce livre me confirme que je ne peux pas résoudre l'énigme de l'Adepte si je ne me possède pas ce Cœur, ou plutôt cette Pierre de Lune. Et où je vais trouver ça, moi ? Quoique...

Je relis le texte et soudain, il me rappelle la première énigme à laquelle j'ai été confronté en commençant mon exploration : « Le Soleil

dissout la nuit ». Et si cette phrase pouvait être adaptée en formule chymique ?
Car j'ai désormais toutes les connaissances pour traduire cette phrase en symboles...

XXXI – LES NOTES DE CANSELIET

NOUS PÉNÉTRÂMES alors dans le laboratoire, ou la forge, je ne sais quel terme est le meilleur pour le décrire. Contrairement à ce à quoi je pouvais m'attendre, l'ensemble était minuscule, se résumant seulement à quelques bocaux, fioles et cornues, et bien entendu au four alchimique.
Une fois que la matière première a été découverte, me dit l'Adepte, la suite est plus simple, mais demande plus de patience. Il s'agit ni plus ni moins que de reproduire l'œuvre de la nature qui va de l'imparfait vers le parfait. Aussi auras-tu besoin pour ton œuvre d'un atelier qui imite la nature, de manière symbolique. Les ustensiles indispensables sont au nombre de quatre : le foyer, qui contient le feu ardent, la fiole pour l'eau froide, la cornue pour les vapeurs et le creuset

pour la terre. Ils symbolisent les éléments de la création. Toutes tes opérations seront conduites, par combinaison, par ces quatre outils. Ainsi, le creuset placé dans le feu ou l'eau froide devient athanor, selon que tu souhaites calciner ou congeler ton œuvre. La cornue, combinée au feu ou à l'eau devient alambic, pour sublimer ton œuvre ou la faire retomber en eau. Par le pouvoir des quatre, tu trouveras la Pierre.

Cornue, fiole, foyer et creuset, les quatre outils indispensables de l'apprenti

Mais ajouta-t-il, s'il est une chose bien connue dans l'œuvre qui est une imitation du travail de la nature, c'est le temps. La recherche de la Pierre prend des années et c'est à cet obstacle que de nombreux adeptes ont dû leur échec, soit que la mort leur soit venue trop tôt, soit le temps nécessaire ait laissé s'installer en eux le doute et qu'ils se soient tournés vers d'autres méthodes.

Là encore la solution est dans la nature elle-même. Et puisqu'il est question ici de reproduire de manière symbolique la nature, il peut en être de même pour le passage du temps.
Vois ces marques sur les murs, ce sont les douze constellations de l'écliptique. Vois celles-ci, ce sont les planètes représentées chacune à différents moments de l'année, qui est aussi l'avancement du mûrissement des métaux. Ainsi est symbolisée leur influence sur l'œuvre.
Ce zodiaque, je l'ai redécouvert au début de ce siècle, quand nos explorateurs eurent ramené d'Égypte les trésors du Naos dérobés aux Anglais qu'eux-mêmes avaient pillés sur les temples. J'en ai bien entendu gardé la secrète signification pour moi. Mais en vérité, certains adeptes le connaissaient déjà, dès le XVIe siècle.

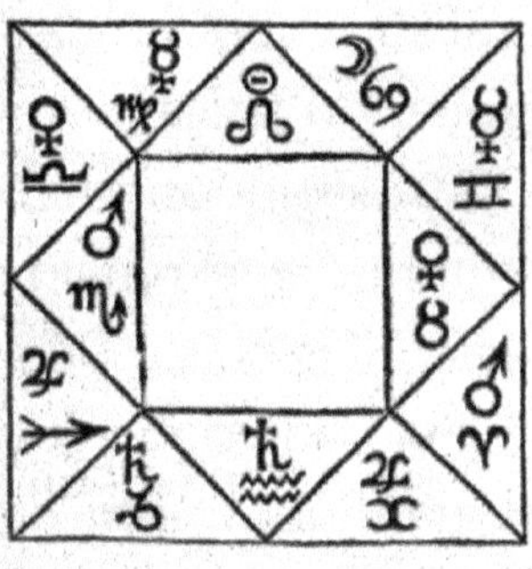

Ce secret je le partage avec toi aujourd'hui. Place les planètes dans les maisons adéquates et tu pourras accomplir en quelques heures le travail d'une vie.

Je comprends mieux maintenant comment la crypte est organisée. C'est un laboratoire ou une forge, comme décrit dans ces notes. Dans le cercle intérieur, il y a de quoi faire le Grand Œuvre, la Pierre. Autour, ce sont les constellations du zodiaque, ce que me confirment les salles que j'ai déjà explorées. Avec des emplacements pour les planètes qui influenceront le travail de l'alchimiste.
Les candélabres ! C'est à ça qu'ils servent ! Chacun peut contenir une boule de la taille des pommes de la sphère armillaire. J'en déduis donc que je trouverai sûrement un candélabre dans chacune des salles du zodiaque… Cela dit, il y a douze signes astrologiques, onze candélabres (le douzième étant dans la main du Souffleur) et sept planètes… Si je suis mon raisonnement jusqu'au bout, il faudrait donc que je trouve les outils qui me manquent pour créer la Pierre,

a priori le creuset et la cornue, et que je place les planètes dans les candélabres... Mais comment cela serait-il possible, avec toutes les planètes qu'il me faudrait? D'après le diagramme, j'ai besoin de deux exemplaires de chaque planète hormis la lune et le soleil qui n'apparaissent qu'une fois. Je pourrais certes récupérer les pommes de la sphère armillaire mais il me resterait cinq pommes à trouver. Six, en fait, car la lune est désormais Pierre de Lune. Il me faut une autre lune !

Plus grave, il me manque le candélabre arraché par le Souffleur : si je tente de le lui reprendre, je risque d'y laisser toutes mes dents. Aucune envie d'essayer. Et de toute façon, même si je rassemblais toutes les conditions décrites dans ce texte, le laboratoire resterait dans un sale état : je doute qu'il soit utilisable.

Mince... non vraiment. Je ne vois pas comment je vais pouvoir la fabriquer, cette fichue pierre philosophale ! Bon, tant pis, je vais poursuivre mon exploration...

XXXV – LIVRE ILLISIBLE

J'aimerais bien faire causette quelques instants avec le bibliothécaire, histoire de lui apprendre la vie.

XLI – LIVRE ILLISIBLE

Ook !

XLII – DU SCEAU DE LA FONTAINE MERCURIELLE

Bon... au moins je suis à peu près sûr que la référence est bonne, même si j'ai dû trouver la saison à partir du Sagittaire. Bref.

Cela mène à une énigme en fait. Une sorte de mode d'emploi pour ouvrir le sceau de la pièce centrale. Enfin, j'imagine et j'espère.

LA SOURCE de la Fontaine Mercurielle dort dans le secret des métaux. À chacun son nombre secret, qui dans sa masse se retrouve. Ainsi les métaux sont ordonnés par leur nombre, du plus grand au plus petit, du plus lourd au plus léger.

La Rose qui a pour nombre secret le triple du chiffre de l'Univers, car elle est trois fois grande, engendre le Soleil et la Lune. La somme de leur nombre reste celui de la Rose.
Le Soleil engendre Jupiter et Vénus et la somme de leur nombre est le nombre du Soleil.
Les nombres secrets des planètes vont deux par deux. On les associe de la façon suivante, de la plus lourde à la plus légère : Saturne et Soleil, Jupiter et Lune, Vénus et Mars. Pour trouver le nombre secret de chaque planète, tu devras soustraire une « part » précise à la planète à laquelle elle est associée, sachant qu'il faudra soustraire cette « part » à la planète la plus lourde.
La « part » que tu retires à Jupiter pour avoir la Lune, c'est-à-dire de l'étain pour avoir l'argent, la « part » que tu retires de Saturne pour avoir le Soleil, c'est-à-dire du plomb pour avoir l'or, la « part » que tu retires de Vénus pour avoir Mars, c'est-à-dire du cuivre pour avoir le fer, ces trois « parts » sont égales.
Tu trouveras le nombre de cette « part » par déduction et d'elle tu auras le nombre de chaque métal. Alors, tu composeras ta formule : tu appuieras sur

les métaux les plus lourds du sceau et tu vérifieras le résultat de la combinaison dans la rubrique idoine. Le résultat indiqué, combiné au nombre de la « part », t'indiquera alors où te rendre.

Ok... ce n'est pas le truc le plus simple auquel j'ai été confronté. Quelqu'un a obligeamment écrit dans la marge « Saturne 82 » et « Lune 47 ». Au moins j'ai deux nombres. J'en ai même trois ou presque puisque je connais le chiffre de l'Univers. Grâce aux indications données au début de l'énigme, je peux déjà calculer le poids de l'or. Ensuite, comme les métaux sont classés du plus lourd au plus léger, je suppose qu'il me suffira de comparer les métaux les plus lourds pour trouver cette fameuse part...

Après ça, il me restera à calculer les masses des métaux que je n'ai pas encore. Lorsque je les aurai tous, je pourrai sélectionner trois d'entre eux suivant les conditions posées par l'énigme, et compléter ma formule avec le nombre de la part. Donc, à moi de jouer...

XLVIII – LIVRE ILLISIBLE

Si j'avais un briquet...

XLIX – COURS DE CHYMIE : LA RECETTE D'OR POTABLE DE PARACELSE – NICOLAS LEFÈVRE

Distillez dix pintes de bon vin rouge, dont vous tirerez deux pintes d'esprit de vin que vous rectifierez et réduirez à une pinte. Il faut que cet esprit soit sans phlegme. Mettez-le en un matras bouché d'un autre de rencontre et bien lutté. Laissez-le circuler six semaines entières dans le fumier de cheval que vous renouvellerez tous les cinq ou six jours. Au bout de ce terme, examinez s'il y a au fond du matras une poudre blanche séparée de la quinte essence : si cela n'est pas encore, faites circuler tant que vous verrez ce signe. Alors ouvrez votre matras, versez votre quinte essence doucement par inclination, elle rend une odeur très agréable. Quand vous aurez tiré votre esprit de vin, distillez le phlegme de votre vin que vous mettrez à part ; calcinez les fèces à feu lent et les desséchez. Mettez en poudre et faites bien sécher sur le sable chaud. Mettez en cucurbite et y jetez de votre phlegme, que vous ferez digérer vingt-quatre heures sur cendres chaudes ; versez par inclination, remettez de nouveau phlegme et digérez de même ce que vous répéterez tant de fois que les fèces ne contiennent plus de sel. Filtrez tous ces phlegmes et les distillez au bain, et le sel restera au fond de la cucurbite ; pour rendre ce sel plus pur, dissolvez-le dans son phlegme, filtrez et le distillez de nouveau ; et ce sel sera très purifié. Faites circuler sur cendres chaudes dans un matras deux parts de ce sel, avec une part de la quinte essence odorante, tant qu'ils se coagulent et congèlent en sel transparent. C'est le vrai sel des philosophes, par lequel on calcine l'or, les pierres, perles, corail, etc. Broyez une partie de ce sel avec autant d'or en feuille, et jetez dessus la moitié de leur poids de la quinte essence susdite, et les mêlez bien ensemble en un mortier de verre. Incontinent l'or se résoudra en une liqueur couleur de sang, qui est le véritable or potable.

Euh... je viens de boire quoi, moi ?

LXXVIII – HOROSCOPE 1974

Pffff...

LXXX - OUDJAT

J'ai pu reconstituer une sorte d'œil. À partir de là, la seule clé logique contenue dans l'image était une référence de la bibliothèque. Lion-Lune et Vierge-Terre avec en dessous le symbole de l'hiver. Et m'y voici donc pour la énième fois...

Le bouquin ne contient que des reproductions de symboles égyptiens. Le signe de l'œil lui-même est noté Oudjat ou œil d'Horus, utilisé comme symbole de protection et ayant la particularité magique de voir l'invisible.

Je ne sais pas si cela signifie quelque chose d'important. L'œil fait face au sarcophage dans le Vestibule oriental. Le monde de l'invisible, la mort... Joyeuse perspective.

Toujours est-il que la bonne combinaison a, dans le même temps, déverrouillé la double-porte. Je peux donc l'ouvrir, et le Souffleur aussi.

Je remarque qu'au même moment, la porte qui se trouve juste après, entre la salle de la Vierge et celle de l'Automne, s'est refermée et se trouve désormais verrouillée. On peut donc désormais passer de la Terre vers le Vestibule oriental (ou l'inverse) mais on ne peut plus passer de la

Vierge vers l'Automne. Hum.... Je vais peut-être en tirer quelque chose pour changer le parcours du Souffleur.

À condition bien sûr de le dévier d'abord de sa course dans le cercle intérieur.

À partir de maintenant, je note avec le Oudjat le fait que la porte a été déverrouillée et la porte entre la Vierge et l'Automne, bloquée dans le même temps. Si j'arrive à trouver un moyen de dérouter le Souffleur, je trouverai peut-être une combinaison qui me permettra de l'emmener à un endroit où il ne pourra plus me nuire.

LXXXV – LE GUIDE MINECRAFT DE L'ALCHIMISTE

Chez 404 Éditions. 6€95. Là, je sens qu'on se paye ma fiole.

CDIV – ERREUR

La page que vous recherchez n'existe pas.

LES AIDES

PETIT MÉMO DES SYMBOLES ALCHIMIQUES

À présent que j'ai renseigné l'index des symboles, je peux compléter ces diagrammes qui m'offrent des informations précieuses sur le système alchimique.
Je commence par la mosaïque.

LE MÉDAILLON AU COMPLET (LA ROUE DES ÉLÉMENTS)

Maintenant que le médaillon est reconstitué, je me rends compte que les minuscules signes présents sur certains fragments sont alignés de gauche à droite, formant deux groupes de symboles… Qu'est-ce que ça peut bien vouloir dire ?

LA COMPOSITION DE LA MATIÈRE

J'indique ici la signification des symboles qui contiennent le secret de la matière première.

....

....

....

C'est moi qui débloque ou cela ressemble vaguement à un clown triste ?

LA SPHÈRE ARMILLAIRE

Je représente ici la Terre au centre et les sept « sphères ». Il faut que j'identifie chaque planète (les « pommes ») et que je les place sur la bonne sphère.

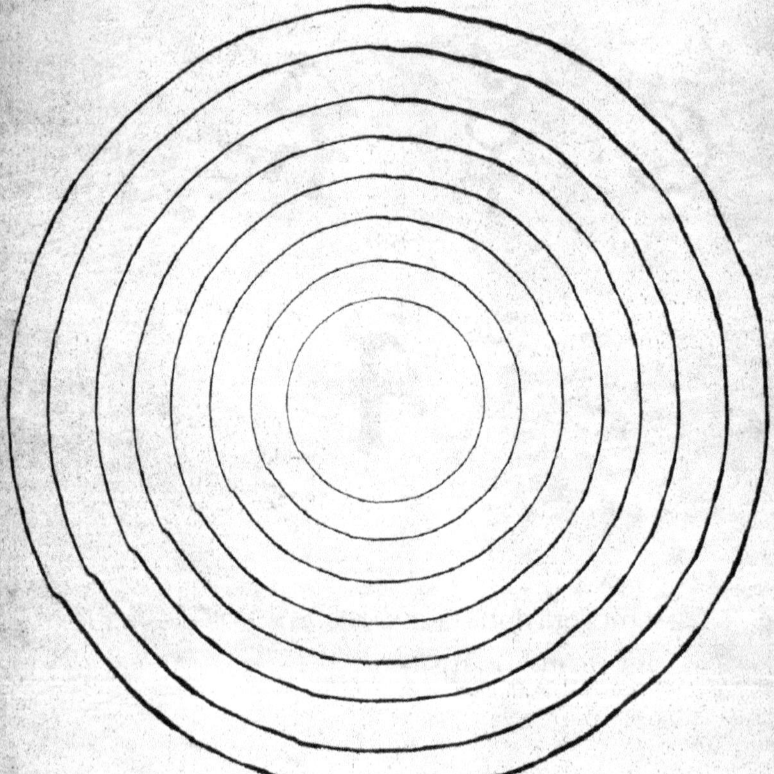

LES CORRESPONDANCES MÉTALLIQUES

Symbole	Planète	Métal

Une fois que toutes les colonnes sont complétées, je peux retourner dans la Sphère armillaire et résoudre l'énigme.

FEUILLET D'INDICES

LA SPHÈRE ARMILLAIRE

- Prêtez bien attention aux métaux que vous trouvez dans les salles des divinités : il s'agit d'indices précieux pour cette énigme.
- Une fois que vous aurez placé les sept pommes dans les anneaux qui leur correspondent, il vous suffira de suivre les indications de l'énigme : multiplier les numéros pomme et sphère, faire le total… etc.

LA BIBLIOTHÈQUE

- Observez attentivement le vitrail de la bibliothèque : on a d'une part, les Gémeaux au-dessus de la Terre, puis le Verseau au-dessus de la Lune. Or, les deux plateaux de la bibliothèque contiennent respectivement des planètes et des signes astrologiques… Il suffit donc de suivre les indices donnés par le vitrail.
- Le plus grand symbole du vitrail se retrouve aussi dans l'une des colonnes du grand panneau de la bibliothèque. Coïncidence ? On ne pense pas…

MARS ET VÉNUS – LA ROUE DES ÉLÉMENTS

- Le Bélier et le Taureau font partie des signes astrologiques, non ?
- Observez bien le décor derrière les quatre personnages.

L'AUTEL DE MARS

- Vous connaissez probablement chaque symbole de la formule qui se trouve ici et pouvez les traduire : 🜃 Ƶ ♌
- Ces symboles sont dans un creux de la taille d'une grosse pièce de monnaie : au fil de votre exploration, n'avez-vous pas obtenu un objet qui fait sensiblement la même taille ?

LA MONADE DE JOHN DEE

- N'oubliez pas de bien regarder les petits signes horizontaux et en biais qui se trouvent sous les symboles métalliques.
- Combien de fois a-t-on le symbole du sel quand on reconstitue la monade avec les symboles métalliques ? La solution indiquera probablement une pièce où se rendre.

LA FORMULE DU BASSIN

- Pour résoudre cette énigme, il faut s'aider du plan (page 17).
- Il peut être utile de faire le cheminement de salle en salle au crayon, afin de traduire l'énigme en symboles dans leur ordre d'apparition au fil du parcours.

DEUXIÈME PARTIE
TROUVAILLES

Toutes les trouvailles que j'ai amassées lors de la partie précédente sont toujours à ma disposition et je peux les utiliser au besoin. J'indique ici les trouvailles qui peuvent avoir un intérêt particulier pour la suite de mon parcours.

☉ ♂ **Un bouclier en fer**

L'énorme bouclier qui se trouve sur l'Autel de Mars avec la lance. Vraiment, il faut que j'aie une bonne raison de vouloir le déplacer : il pèse une tonne et j'avance à deux à l'heure en le portant. Le signe de Mars a été gravé sur le côté intérieur du bouclier.

Une lance

Je la mets aussi dans mes trouvailles, même si elle est totalement inefficace comme arme car beaucoup trop massive pour moi. J'ai bien du mal à ne pas racler les murs avec en la transportant tellement elle est encombrante. Je pense que je ne vais revenir la chercher que si j'ai une bonne raison.

En tout cas, hors de question de la trimballer tout le temps avec moi. Si quelqu'un me guette au détour d'un couloir, il aura tout le temps de me découper en rondelles sans que j'aie la moindre chance de me mettre en garde. Une petite flèche a été dessinée dessus, celle qui représente le Sagittaire. Pas très différente de la représentation d'une lance, cela dit.

Le pot de terre
Obtenu dans la salle du Foyer. C'est une sorte de petite marmite que l'on peut fermer avec un couvercle. Je ne lui trouve rien de particulier.

Le Oudjat
Ce n'est pas vraiment une trouvaille mais je note par ce symbole que j'ai réussi à ouvrir le sceau de la porte qui se situe entre le Vestibule oriental et la Terre (la porte elle-même est donc ouverte), et que celle entre la Vierge et l'Automne est fermée et verrouillée. De fait, je vais voir si je ne peux pas combiner cela avec autre chose pour modifier le parcours du Souffleur.

♂ 2 **La seconde pomme de fer**

Obtenue à partir de la boule en céramique que j'avais d'abord laissée dans le coffret de la salle de Clavicules. Ça pourrait servir de projectile. Souffleur, pan dans ta gueule !

Hum… non. Imaginons que je le rate et le mette en rogne une nouvelle fois…

Comme je l'ai déjà noté, le chiffre 26 a été gravé sur la boule. Aucune idée de ce que cela peut vouloir dire.

FORMULES CHYMIQUES

☨ ♎ ʄ ✡ donne ♌II

ℨ ☨ ♎ ʄ ✡ ▽ donne ☾ ⧗ III

∾ ♂ ℨ ▽ ʄ ⊸ donne ♏ II

♎ ʄ donne ♀ I

♄ ☉ ♂ mène à ♀ + nombre de la part

♄ ☉ ☾ mène à ♂ ♀ + nombre de la part

♄ ☉ ♃ mène à ℿ + nombre de la part

COMBINAISONS

 ⊕ : La petite marmite s'adapte parfaitement sur les crochets qui pendent de la chaîne, dans la salle de la Terre du cercle intérieur. Je comprends que ce pot pouvait circuler vers le nord pour cuire quelque chose et vers le sud, sans doute pour un refroidissement.
Je commence à comprendre… Si j'en crois les notes de Canseliet, le laboratoire comprenait un creuset (le vrai nom de cette marmite) et un foyer (le puits de lave). Je ne vois pas à quoi correspondent la fiole et la cornue mais il s'agit sans doute d'appareillages qui sont soit hors d'usage soit encore à trouver…
De toute façon, vu l'état général du lieu, je ne pense pas que ce creuset me servira.

☉ ♂ ♋ : Il m'a fallu de sacrés efforts pour traîner le bouclier de Mars depuis l'autel jusqu'à la salle du Cancer. En le faisant rouler, ça va à peu près… sauf dans les escaliers. J'ai bien failli me casser la figure avec. Cela aurait été très stupide

d'avoir évité le Souffleur et de me faire vraiment mal à ce moment.
Bref : c'est quand même une idée brillante de ma part ! Le bouclier est donc bien lourd. Je le positionne avec mille précautions à l'endroit où le sol de la salle du Cancer menace de céder, en prenant bien soin de ne pas y appliquer mon propre poids en même temps. Pas facile. Mais j'y parviens.
C'est un piège magnifique. Je suis certain que quiconque mettre le pied à cet endroit provoquera un nouvel effondrement et se retrouvera un étage plus bas.

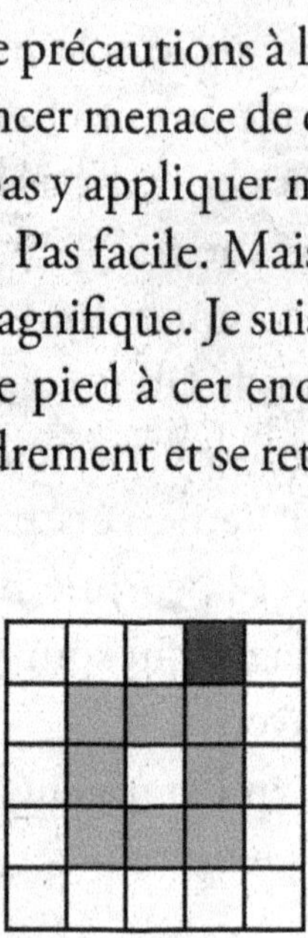

Je note l'endroit en foncé sur mon petit diagramme. Il ne me reste plus qu'à trouver le moyen d'attirer le Souffleur vers cet endroit. Plus facile à dire qu'à faire…

♌ ♐ 🜁 : Après avoir patiemment attendu que le Souffleur se soit éloigné, je me précipite dans le cercle intérieur et utilise la lance pour bloquer la porte entre le Chaud et l'Air, puis je retourne dans les galeries pour voir ce qui se passe.

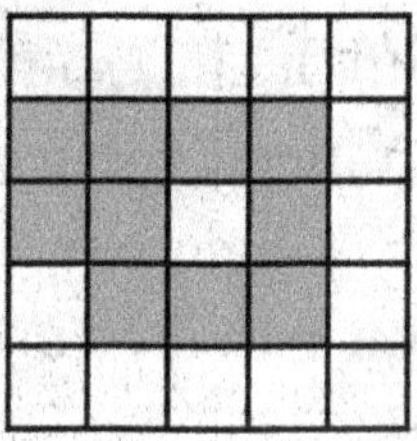

Je reprends le tracé du Souffleur après cela. Une fois arrivé devant la porte bloquée, il passe par la double-porte et va vers le Bélier puis le Vestibule. Ensuite, il revient vers l'Air et reprend sa route. Hum… pas très utile. Je ferais bien de récupérer la lance et d'essayer autre chose.

🜁 ♐ ♉ : Cette fois-ci, la lance va bloquer la double-porte entre l'Air et l'Humide/Printemps, pendant que le Souffleur est de l'autre côté du cercle intérieur.

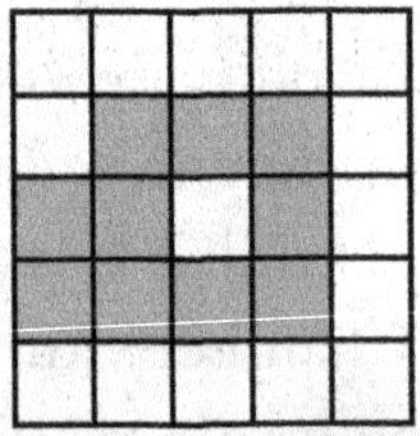

Quand le Souffleur se retrouve bloqué, il repasse par le Vestibule puis les Poissons. Bof… ça ne me permet pas d'examiner le sceau qui bloque l'accès à la pièce centrale et encore moins de neutraliser le Souffleur. À mon avis, il y a un meilleur endroit où placer la lance.

🜃 ♐ ♊ : Je me suis glissé derrière le Souffleur une fois celui-ci passé pour bloquer la porte entre l'Hiver et la Terre, puis je suis allé me réfugier du côté du Vestibule oriental. Mal m'en a pris car dès que le Souffleur s'est retrouvé bloqué, il a rebroussé chemin vers l'Hiver puis est passé dans le cercle intérieur au niveau de la Balance, remontant ensuite vers le Vestibule. J'ai pris mes jambes à mon cou jusqu'au Lion. Je ne voulais pas aller plus loin car je craignais qu'en courant je ne déstabilise davantage le sol du Cancer déjà à moitié effondré. Le Souffleur a traversé le Vestibule oriental avant de stopper dans la Vierge. Je l'ai vu tâtonner un peu devant la double-porte sur le mur ouest. Là j'ai flippé pas mal car j'ai cru quelques instants qu'il allait continuer vers le nord et me tomber dessus. Mais il a choisi de repasser dans le cercle intérieur au niveau d'Automne/Sec, avant de reprendre son trajet habituel. Ce mec continue donc inlassablement de tourner dans le cercle intérieur. Même bloqué, il bifurque et y retourne par le plus court chemin.

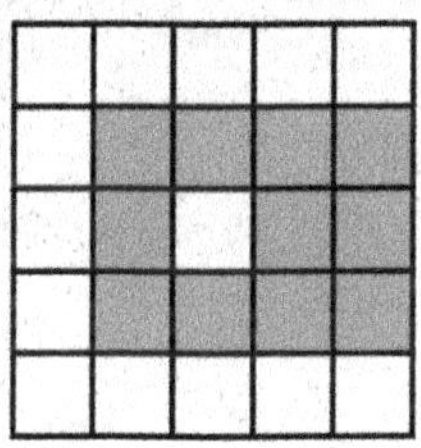

Intéressant mais frustrant ! Si seulement j'arrivais à le dévier vers le Cancer, j'aurais peut-être une chance de le faire tomber à l'étage inférieur.
Oui, ça serait bien. Mais il faut pour cela que je trouve un moyen de l'empêcher de passer de la salle de la Vierge à l'Automne. Hum… et si je *combinais* cette *combinaison* avec autre chose…

🜃 ♐ ♏ : Donc j'ai placé la lance entre la salle de l'Automne et celle de la Terre, après avoir piégé avec le bouclier de Mars la salle du Cancer. Manque de pot, le Souffleur s'écarte bien du cercle intérieur en passant par la salle de la Terre, puis la Balance et le Vestibule oriental. Hélas, sitôt parvenu dans la salle de la Vierge, il repasse dans le cercle intérieur au lieu de continuer dans la galerie de l'Automne pour tomber dans le piège…

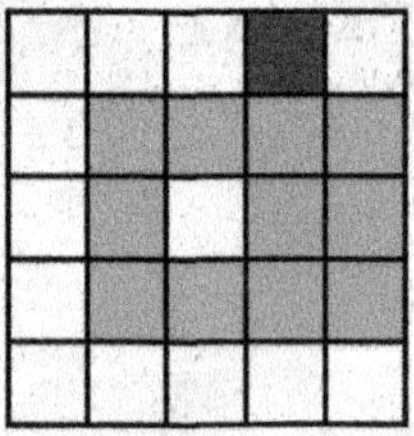

Il doit y avoir un autre moyen de le faire aller là où je veux qu'il aille.

🜃 ♐ ♏ 𓂀 : La lance est placée entre la Terre et le Sec, le verrou de l'Oudjat est ouvert et j'ai déposé le bouclier dans le Cancer. Quand le Souffleur se retrouve bloqué dans sa progression, il passe par le Vestibule oriental, puis la Vierge. Là, il voudrait retourner vers le cercle intérieur mais il se retrouve à nouveau devant une porte fermée. Alors il se tourne vers le Lion, puis le Cancer et… Victoire ! Le Souffleur a un brusque mouvement de recul quand il sent le sol trembler sous ses pas. Mais il est trop tard. Le sol ne peut plus supporter son poids et celui du bouclier et dans un grand craquement, un nouveau pan cède sous lui. Bien caché dans le Vestibule nord, je le vois lâcher le candélabre et tenter de se rattraper au rebord. Mais il est trop tard. Dans un mugissement désespéré, le Souffleur lâche prise en plonge dans les ténèbres.

J'entends un choc mou puis plus rien. Hasta la vista!

Je m'approche précautionneusement du rebord pour voir ce qu'il est advenu du Souffleur. C'est toujours trop sombre. En tout cas je n'entends plus rien. Une sorte de remord me prend un instant. Que viens-je de faire ? Cela dit, qu'aurait-il fait de moi s'il m'était tombé dessus ?

Je dois laisser de côté les scrupules pour le moment. L'important, c'est que je peux désormais tenter d'accéder au cœur de ce niveau et que je ne suis plus gêné pour travailler dans le laboratoire. Allons donc faire un tour dans la salle du milieu pour commencer.

Petit problème : le Souffleur est tombé avec le candélabre et il est hors de question que je m'aventure dans le gouffre. Donc, au cas où j'avais encore l'espoir de me servir du laboratoire pour fabriquer la pierre philosophale, c'est fichu !

Il va me falloir trouver un autre moyen pour sortir ! En attendant, la voie est libre pour me rendre au paragraphe « La Porte et le Sceau » et tenter d'élucider ce qui, j'espère, est la dernière énigme…

FEUILLET D'INDICES

L'ALCHIMISTE

- La formule indique que « la voie devient brève en accolant soufre et cuivre » : observez bien la disposition des symboles sur le livre de l'alchimiste pour trouver comment appliquer concrètement cette formule.

LE VERROU OUDJAT

- Il peut être utile de recopier le verrou sur une feuille puis de découper les cercles afin de pouvoir les tourner séparément.

LE SCEAU

- N'avez-vous pas trouvé, en déverrouillant l'Oudjat, une orbe de fer marquée d'un nombre ?

DEHORS – VIVANT – LIBRE !

Je tombe sur une grille qui donne sur une petite pièce éclairée par des vitraux en partie brisés. Je pousse la grille d'un coup d'épaule, et pour une fois, j'arrive à faire céder quelque chose simplement par la force.

Je me glisse à travers l'ouverture et constate que je me retrouve dans une sorte de caveau. Non, un vrai caveau en fait. Étant arrivé ici par le biais d'un sarcophage, je trouve qu'il y a une certaine logique dans tout cela. J'ai l'impression d'avoir déjà vu cet endroit, il y a longtemps.

Je jette un coup d'œil vers les vitraux brisés : je suis bien dans un vieux cimetière. Familier, qui plus est.

Mais sur le moment, je m'en fiche ! Je vais sortir, je me suis échappé de la Tour de l'Alchimiste ! Rien ne m'en empêche plus. Si la porte du caveau ne cède pas, je briserai un peu plus les vitraux pour me faire un passage. Quelle aventure ! Quel étonnant dénouement !

Je prends cependant le temps de me retourner un peu sur mon périple. Que suis-je devenu ? Celui qui mettra le pied dehors n'est plus vraiment le jeune énervé et sceptique qui est entré dans la Tour.

Enfin si, le côté énervé est toujours là.
Pourquoi diable mon père et mon oncle nous ont-ils caché tout cela ? Ça les aurait tués de nous donner quelques preuves que nous n'étions pas de simples charlatans ? Qu'on puisse comprendre que ces histoires de sorcelleries étaient au moins en partie vraies ? Que les autres ne nous rejetaient pas uniquement parce que nous étions les excentriques du coin ?
Ah ! Tout cela me met davantage en rogne. Ça me rassure. Au moins ne me suis-je pas complètement perdu. J'en connais quelques-uns qui vont devoir me fournir des explications. Je m'en vais de ce pas retrouver mon père dans le Morvan, quoi qu'il en coûte.
Si je pouvais aussi mettre la main sur le type qui s'est joué de moi pour que je me retrouve coincé ici, je lui ferai passer le goût du pain.
Enfin, est-ce vraiment important ? Je sors et l'avenir s'ouvre à nouveau. Tant de questions sans réponses certes, mais tant de liberté et de temps désormais pour y répondre.
Allez, poussons donc cette dernière porte...

ÉPILOGUE

Je serais prête à vendre mon âme au démon pour revoir la tête de mon cher cousin Valentin lorsqu'il a ouvert la dernière porte et s'est retrouvé nez à nez avec moi et Quentin ! Il en a fait tomber son précieux carnet, le pauvre... Une chance d'ailleurs que je sois tombée dessus. Ça peut toujours servir si je veux un jour envoyer quelqu'un d'autre que lui dans la Tour.

Toujours un peu amoureux, ce garçon. Je l'ai vu dès qu'il a posé les yeux sur moi. Non que j'y sois tout à fait insensible mais... C'est mon cousin ! Cette famille sent déjà suffisamment le soufre.

En revanche, son mouvement suivant a été plus énergique lorsqu'il a reconnu Quentin. Autrement dit, celui qui l'a mis au défi de passer la nuit près de la Tour.

– Qu'est-ce que vous foutez là ? s'est-il exclamé. Abigail ? Et lui, c'est qui ?

Il s'est arrêté net en reconnaissant autour de lui le paysage familier du Morvan.

– Le caveau familial ! Mais qu'est-ce que je fais là moi aussi ?

Valentin était si chargé de pouvoir que l'air tremblait autour de lui, comme par forte chaleur.
– Abigail, a-t-il ajouté avec excitation en s'avançant vers moi, l'alchimie, le Pouvoir, tout est vrai !
J'ai froncé les sourcils. Valentin était dans un tel état d'agitation qu'il semblait à deux doigts d'exploser. Plutôt dangereux avec un Pouvoir en pleine ascension. Mieux valait reprendre vite le contrôle de la discussion avant qu'elle ne m'échappe tout à fait.
– Je sais tout cela, Valentin, depuis longtemps. Calme-toi et laisse-moi le temps de t'expliquer. Il faut que tu me fasses confiance.
Je m'approchai de lui, doucement, jusqu'à poser ma main sur son bras. Il tressaillit.
– C'est moi qui me suis arrangée pour que tu entres dans la Tour. Ton oncle ne le voulait pas. Nos parents ne le voulaient pas.
J'ai vu la rage étinceler dans ses yeux. L'air s'est mis à crépiter autour de lui. Je me suis encore rapprochée et j'ai plongé mon regard dans le sien.
– Valentin, je te le dis, fais-moi confiance. J'ai agi avec de très bonnes raisons. Nous avons dû faire vite.

Son regard s'est légèrement apaisé. Comme je l'imaginais, ce garçon avait toujours le béguin pour moi. J'ai posé mon autre main sur son bras.

– Nous avions besoin de ton aide. Personne ne peut plus nous aider sinon toi. Il m'a fallu du temps pour te retrouver et je dois dire que, quand je t'ai localisé, tu m'as fait un peu peur. J'ai compris en t'observant que tu ne voulais plus entendre parler de la famille. Il a fallu trouver quelque chose pour te faire entrer dans la Tour malgré toi. Et aussi malgré celui qui en a la garde et qui a tenté de te barrer le passage.

– Mais comment... ? Tu étais là ces derniers temps ?

– Oui... sous une apparence ou une autre.

– Pourquoi n'as-tu pas cherché à me parler directement ?

J'ai haussé les épaules.

– Je crois que tu sous-estimes ta rancœur et ce qu'elle peut provoquer chez les gens comme nous. Du coup, faute de pouvoir te parler, j'ai monté un petit stratagème. J'aurais voulu convaincre ton oncle de te laisser entrer, mais même ton père n'y est pas parvenu.

À ses yeux, j'aurais dit que des dizaines de questions se battaient pour savoir laquelle allait pouvoir être posée en premier. C'est sa curiosité vis-à-vis de son père qui l'a emporté.

– C'était donc bien lui ? À l'entrée de la Tour ?

– Oui. Enfin... Presque. J'y reviendrai plus tard. Ne me regarde pas comme ça ! En tout cas, ton oncle était bien là et a failli t'empêcher d'entrer dans la Tour. Il ne souhaite pas, et son avis est partagé par la plupart de nos parents, que notre génération accède à leur niveau de savoir.

– Mon oncle... je ne l'ai pas reconnu, a dit Valentin avec stupéfaction.

– Basile a bien changé, y compris physiquement, depuis les derniers événements. Il faut dire que son élixir doit commencer à faiblir.

– Attends... quel âge a-t-il au juste ?

Là, je me suis fendue d'un large sourire :

– On soupçonne Basile Valentin d'être le pseudonyme choisi par Johann Thölde, son éditeur. Coquetterie courante à l'époque pour rester anonyme. Le plus célèbre de ses livres s'appelle *Le char triomphal de l'Antimoine*. Un peu longuet, si tu veux mon avis. Le livre est paru en Allemagne au début du XVIe siècle.

Là, Valentin en est resté bouche bée.

– Que… quoi ?

– Quand cinq cent ans comme lui tu auras, moins en forme tu seras.

– …

– Oui, je sais. Je te laisse le temps de t'y faire.

– Mais… et la Tour ? Pourquoi sommes-nous ici ?

– La Tour Saint-Jacques a été créée pour enseigner l'alchimie aux membres de notre famille. Elle sert de cadre à une sorte de formation accélérée, qui n'a été en vérité que peu employée car la méthode est dangereuse. Tu as pu le voir avec le Souffleur. À l'époque de Flamel, il était encore possible de tenter l'épreuve en plein Paris. Aujourd'hui… c'est beaucoup moins discret. L'entrée secrète n'est plus qu'une sorte de passage. Vers ici. Il y en a d'autres, pour les autres disciplines ; elles sont toutes à proximité.

– Tu te fous de moi ! a éclaté Valentin. Elles sont réservées à la famille ? Les autres sont des Moldus ? Mon père a loupé la date pour l'inscription à Poudlard ou quoi ?

Flûte ! J'avais appuyé sur un point sensible. J'ai pris mon ton le plus doux :
– Non, tout le monde peut passer l'épreuve. C'est juste plus facile pour nous. Nous sommes plus... proches des Anciens Dieux. Il y a moins de générations entre eux et nous que la plupart des gens, c'est tout.
– Je ne m'arrêterai même pas sur ce « c'est tout ». Et mon père, où est-il ? J'ai deux mots à lui dire !
On y était.
– Valentin, ce n'est pas vraiment ton père que tu as vu, mais une ombre de lui-même. Un sortilège très puissant. C'est un véritable exploit que d'avoir pu le réaliser de l'endroit où il se trouve. Mais le sort lui a pris ses dernières forces et je crains qu'il ne se meure à présent. Ton père est prisonnier et j'ai besoin de toi pour lui rendre sa liberté.
– Un sortilège très puissant ? a-t-il répété avec méfiance. C'est quoi, la spécialité de mon père ?
– La nécromancie, pourquoi ? ai-je répondu avec un sourire espiègle.

– La nécromancie... La nécromancie ! Genre, mon père, c'est le Seigneur des Ténèbres !

– Écoute, laisse un peu de côté tes idées reçues, elles ne te serviront à rien. Je ne peux pas te résumer la situation en quelques mots. Elle est sans rapport avec tout ce dont tu as entendu parler jusqu'à présent, hormis dans cette Tour. Quelque chose s'est rompu dans l'équilibre des forces de la Création. Ton père lutte contre cette menace et a été emprisonné pour cela, dans un cachot dont nul n'est jamais revenu avant lui. Ma tante a disparu, nos autres parents jouent l'indifférence ou s'avouent vaincus, ton frère me fuit. Nous avons besoin de ton père pour rétablir l'équilibre, et de toi pour m'aider à entrer dans sa prison.

Quentin a commencé à s'impatienter à côté de moi. Lui aussi était d'une humeur de dogue aujourd'hui. Les mecs et leurs humeurs, franchement...

– Nous devons partir, ai-je continué. Ton *Ascension* a peut-être attiré l'attention de quelque puissance qui va vouloir te connaître. Mieux vaut se faire discrets pour le moment. Suis-moi. Je te raconterai tous les détails en chemin. Le plus important est que tu aies désormais la Pierre.

– Attends ! a-t-il lancé alors que je commençais à m'éloigner. Aibgail, il faut que tu saches que tout ne s'est pas passé comme tu l'as sans doute prévu. J'ai trouvé la Pierre, oui, mais je ne l'ai pas fabriquée.
Je me suis figée. Quelque chose clochait en effet. La Tour devait permettre une initiation complète et apprendre aux initiés le secret de la fabrication de la Pierre, sans laquelle le pouvoir alchimique était fortement restreint. Je le laissai poursuivre.
– Et aussi... Il y a eu cette chose, dans le second niveau. Je ne l'ai pas réellement vue mais j'ai pu observer sa trace. Un monstre repoussant. Et ce symbole infect...
Son visage exprimait un dégoût profond, plus explicite que ce qu'il parvenait à en dire.
– Le laboratoire lui-même est désormais inutilisable. Quelqu'un a cependant fait en sorte que je puisse trouver la sortie en me laissant la Pierre. Que se passe-t-il, Abigail ? Pourquoi fronces-tu les sourcils ?
– Quelque chose ne va pas, ai-je répondu. La Tour a été attaquée. Je comprends pourquoi

notre oncle n'a pas voulu qu'on y entre... La situation est plus compliquée que prévu.

Raison de plus pour persévérer dans mes projets.

– Nous n'avons que trop tardé ici, ai-je repris d'un ton plus vif. Il nous faut maintenant partir.

J'ai relevé la tête et, d'un pas décidé, je me suis mise en marche.

– Abigail, attends ! s'est exclamé Valentin. Où allons-nous ?

J'ai fait volte-face pour lui adresser mon meilleur sourire.

– Mais, mon cher cousin, au fin fond des Enfers, pardi !

Pour en savoir plus :

Facebook : François Lévin (Auteur)

404
EDITIONS
CULTURE GEEK

404 éditions

@404editions

@404editions

snap404editions

404-editions.fr

Achevé d'imprimer en février 2017
sur les presses numériques de l'Imprimerie Maury S.A.S.
Z.I. des Ondes – 12100 Millau
Nº d'imprimeur : B17/55778L